Livro 1. Um Outro Mundo ou Ainda Não?

O Julgamento Real Começa!

Série de Livros 'Camelot. Singularidade 20-01. As Aventuras de Três Garotas em Outro Mundo".

Elena Kryuchkova

Traduzido por Cassius Cley Santos

"Livro 1. Um Outro Mundo ou Ainda Não? O Julgamento Real Começa! (Série de Livros 'Camelot. Singularidade 20-01. As Aventuras de Três Garotas em Outro Mundo')"

Escrito por Elena Kryuchkova

Copyright © 2023 Elena Kryuchkova

Editora Tektime

www.tektime.it

Traduzido por Cassius Cley Santos

Design da Capa - Capa criada por IA (Stable Diffusion, NightCafe)

Elena Kryuchkova

Camelot. Singolarità 20-01. O Le Avventure di Tre Ragazze in un Altro Mondo.

Livro 1

Arthuria, Marilyn e Lancitel são três amigas que estão em um grupo musical amador. Elas estavam indo ao Festival da Banda Amadora. Porém, o ônibus que as levava ficou preso no congestionamento e as amigas acabaram se atrasando para a abertura do Festival. Ao descerem do ônibus, elas decidiram pegar um atalho por um pequeno bosque. Inesperadamente, elas se perderam e chegaram a uma densa floresta, da qual parecia descender de páginas de livros de fantasia!

Na floresta, as garotas conheceram a vidente Viviane e descobriram que estavam nos arredores de Camelot, a cidade legendária de tempos antigos, governada pelo Rei Uther Pendragon. E não apenas de tempos distantes, mas também de uma outra realidade! Arthuria, Marilyn e Lancitel estavam na Singularidade 20-01, um mundo onde a história da Terra se desenvolveu de uma maneira ligeiramente diferente. Pelo menos foi isso o que a interface da aplicação misteriosa as contou, o painel de controle que apareceu diante de seus olhos...

O que acontecerá com as garotas neste mundo novo e completamente desconhecido? Quais aventuras as esperam? Que tipo de interface apareceu diante de seus olhos? E como o Julgamento Real, o qual o Rei Uther Pendragon, governante de Camelot, decidiu conduzir, terminará?

Esta história é ficcional e qualquer similaridade com pessoas reais ou eventos é coincidente.

Os personagens da mitologia também são alterados: suas personalidades, relacionamentos e laços familiares são ficcionais. Esta história é complemente ficcional.

Livro 1. Um Outro Mundo ou Ainda Não? O Julgamento Real Começa!

Parte 1. Um Outro Mundo ou Ainda Não?

Capítulo 1. As Personagens Principais Viajaram ao Passado? Ou Ainda Não?

"Então, garotas, alguma sugestão: onde exatamente estamos?" perguntou uma garota de vinte anos de idade e com cabelos loiros nomeada de Arthuria por seus amigos. Ela deixou a caixa da guitarra elétrica que estava segurando no chão e a encostou em um tronco de árvore.

Seus pais eram fãs da lenda do Rei Arthur. E eles até nomearam sua filha com o nome de seu personagem favorito.

"Não, nenhuma", enquanto isso, respondeu uma de suas amigas, uma bela garota loira chamada Marilyn, também assentando a caixa da guitarra elétrica que previamente segurava em suas mãos.

Seus pais eram atores de papéis esporádicos. E eles sempre sonharam em tornar sua filha uma grande atriz. Eles até a nomearam com o nome de uma das maiores atrizes da história. Embora a garota amasse matemática e mecânica. Porém, devido à perseverança de seus pais, ela foi estudar para ser atriz.

"Estamos no passado! Ou estamos em outro mundo! Isso foi feito por reptilianos do espaço sideral! enquanto exclamava uma terceira amiga, uma garota morena chamada Lancitel. Ela estava gesticulando emocionalmente com suas mãos, e o fato de ela estar segurando uma mala pesada naquele instante não a incomodou nem um pouco.

Seus pais eram fãs de elfos e esoteristas. Eles tinham uma loja de suprimentos oculta, ambos liam cartas de Tarot e faziam horóscopos. Provavelmente, não é surpresa que Lancitel também lia cartas de Tarot e fazia horóscopos. Ela também conhecia vários mitos e acreditava em reptilianos do espaço sideral.

"Oh, Lancitel, acalme-se! Reptilianos — não existem!" Arthuria e Marilyn suspiraram simultaneamente. "Coloque a mala no chão já! Caso contrário, você irá nos atingir acidentalmente!"

"Não, não é verdade! Reptilianos existem! E quando fiz o horóscopo, eu vi a influência de Mercúrio retrógrado em nossos destinos! E as cartas de Tarot mostraram um longo caminho e muitas dificuldades na vida!"

Lancitel expressivamente apontou seu dedo para o céu e olhou para seus amigos (embora ela ainda coloque a mala no chão). Então ela continuou:

"Veja o que está acontecendo! Onde acabamos? O que é esta floresta? Parece uma floresta anciã com uma aura especial! Estamos no passado! Ou em outro mundo! Não em outro lugar! Também vimos um brilho dourado momentos antes de nos perder! E há mais insetos!"

Brilho dourado, elas realmente viram.

"Lancitel, querida, não se preocupe", Marilyn tentou tranquilizá-la. "É impossível voltar ao passado ou entrar em outro mundo — esses movimentos no espaço e tempo não foram provados cientificamente. Existem algumas teorias científicas que consideram esse fenômeno. Mas nenhuma delas foi provada. Nós nos perdemos ao tentarmos pegar atalhos, isso é tudo! Em relação aos insetos, há sempre muitos deles nesta época do ano. Isso até estava escrito no website do Festival da Banda Amadora! Afinal de contas, o Festival está localizado fora da cidade... E eles recomendaram levar sprays contra insetos! O que é exatamente o que fizemos".

"Mas e o brilho dourado?"

"Um fenômeno astronômico! Ou uma luz banal do sol! Nada mais!"

"Mas os navegadores do smartphone não funcionam! E não há conexão móvel! Nem internet!" Lancitel fez cara feia.

"Provavelmente a cobertura da área aqui é ruim", suspirou Arthuria, anteriormente quieta.

Todo esse tempo, ela tentou sem sucesso alcançar a rede. Porém, seu telefone, assim como os de suas amigas, teimosamente mostrava que não havia rede. Nenhuma.

"E parece que nos atrasaremos para o Festival da Banda Amadora no final das contas..." Arthuria suspirou novamente. "Eu realmente queria chegar a tempo da abertura..."

É compreensível: todas as três amigas tocavam no grupo musical amador Lovely Marshmallows. Três garotas bem diferentes eram amigas desde a infância, iam à mesma escola e apesar do fato de divergirem em características e interesses em outras áreas da vida, elas tinham muito em comum.

Todas elas tinham vinte anos de idade, foram à faculdade (ainda que diferentes) e amavam muito escutar música. Não, elas não queriam se tornar profissionais de música. Elas apenas gostavam do processo criativo. Assim, elas decidiram organizar um grupo juntas e aproveitar a criatividade no tempo livre. Arthuria tocava a guitarra elétrica, Marilyn também tocava a guitarra elétrica e escrevia músicas e Lancitel era a vocalista principal e escrevia letras.

As garotas mantinham blogs pessoais e um blog geral nas redes sociais, onde postavam vídeos com gravações de seus trabalhos. Os vídeos não se tornaram virais, mas elas encontram seu público. Ademais, o Lovely Marshmallows às vezes participava de competições amadoras.

E quando as garotas descobriram sobre o novo Festival da Banda Amadora, o qual deveria ocorrer em um dos condados da Grã-Bretanha, elas decidiram ir e participar. As garotas chegaram ao seu destino, mas devido à lotação dos hotéis próximos ao local do Festival, elas tiveram que alugar um quarto um pouco mais longe. Esse 'um pouco mais longe' era minutos de ônibus e a mesma quantidade de minutos a pé.

Então, no dia do Festival, Arthuria e Marilyn pegaram suas guitarras elétricas (elas tocavam esses instrumentos musicais) e Lancitel pegou uma mala com trajes de palco (ela era solista e não tocava instrumentos musicais). Elas entraram no ônibus e partiram.

Porém, o ônibus ficou preso no congestionamento. Infelizmente, congestionamentos são bastante traiçoeiros! Eles sempre aparecem na hora errada! Como resultado, as amigas acabaram se atrasando para a abertura. E ao descerem do ônibus, elas decidiram pegar um atalho por um pequeno bosque... Inesperadamente, elas se perderam e chegaram a uma densa floresta, da qual parecia descender de páginas de livros de fantasia!

"Estamos em apuros", resumiu Arthuria desalentada, percebendo que não podia alcançar a rede. "Tentarei escalar uma árvore! Será que lá terá rede? Geralmente, acredita-se que quanto mais alto, melhor será a rede."

Ela tirou sua mochila (todas as três amigas levaram adicionalmente mochilas com tudo o que precisavam) e começou a escalar o carvalho ancião. Desde criança, ela amava subir em árvores e era uma pessoa bastante atlética. Arthuria praticou esgrima por muitos anos e até participou de competições regionais. Uma vez, treinadores esportivos previram que ela teria futuro em grandes esportes, mas a garota não tinha o objetivo de se tornar uma atleta profissional. Ela simplesmente amava esgrima e praticava por prazer.

A propósito, Arthuria estudou na faculdade para ser professora de História. Ela queria se tornar uma professora com horas de trabalho flexíveis, assim ela teria tempo suficiente para seus hobbies favoritos.

Lancitel estudou negócios e administração. Assim, ela poderia assumir os negócios da família no futuro: isto é, para gerir a loja de suprimentos oculta. Apesar de sua originalidade, era um negócio que precisava ser gerido apropriadamente. Embora a garota não gostasse de esportes particularmente, ela mantinha um bom condicionamento físico de seu corpo e às vezes até praticava esgrima com Arthuria. Todos sabem que uma mente saudável precisa de um corpo saudável. E para o esoterismo, uma mente saudável é muito importante. Entretanto, ela deixou a esgrima há alguns anos para se dedicar mais aos estudos e ajudar seus pais na loja. Para se manter saudável, ela continuou a praticar em casa, sozinha. E Lancitel tinha medo de altura, assim, nunca havia escalado árvores.

Marilyn, como é conhecida, estudou teatro pelo desejo de seus pais, que sonhavam em tornar sua filha uma atriz. Ela não gostava de esportes particularmente, e só realizava exercícios para manter um bom físico. Ela nunca escalou árvores, pois considerava irracional. Porém, lembrava-se de textos de vários livros, os quais descreviam muitas maquinarias, incluindo aquelas que podem ser feitas usando madeira.

...Enquanto isso, Arthuria subiu com destreza até o topo do carvalho

"Bom, rede! Agora eu te pego!" exclamou ela com alegria, confiante do sucesso do projeto vindouro. Porém, poucos segundos depois, seu choro frustrado foi ouvido na vizinhança: "E não há rede aqui! Por quê?"

"Tente olhar ao redor aí de cima!" gritou a Marilyn racional. "E nos diga: o que você vê?"

"Floresta! Há apenas a floresta por aqui? Mas o que? Não deveria haver uma floresta grande e densa aqui!" exclamou ela novamente com total perplexidade.

"São todos reptilianos do espaço sideral!" Lancitel gritou. "Estamos em um outro mundo! Ou estamos no passado!"

"Lancitel, acalme-se!" Disseram Marilyn e Arthuria ao mesmo tempo.

"Mas Mercúrio retrocedeu!.."

"Acalme-se!"

"Ninguém acredita em mim..." carranqueou a jovem esotérica. "Embora minhas previsões sempre se tornem realidade..."

Enquanto isso, Arthuria olhou ao redor mais uma vez. Ela parecia intrigada. A paisagem da densa floresta que apareceu diante dela do topo do carvalho era fascinante. *"Não, nós realmente fomos transportadas ao passado ou a um outro mundo por causa daquele brilho dourado?"* um pensamento passou por sua cabeça. Involuntariamente, ela sentiu um desagradável arrepio por dentro, mas imediata e resolutamente afastou esses pensamentos: *"Não! Reptilianos e viajem no espaço ou tempo — não existem! É impossível! A Lancitel sempre fala sobre isso! Afinal de contas, ela é filha de esoteristas e herdará a loja oculta no futuro! É claro que ela acredita em todas essas coisas irreais!"*

Arthuria não acreditava em esoterismo e misticismo. Ela era muito racional para isso.

"Mas isso pode ser!" pensou novamente a garota ao olhar ao redor. *"Estamos na cidade! Em lugar algum existe uma floresta tão densa! Talvez o que vi era algum tipo de ilusão de ótica! Devido a algum tipo de refração de luz, um falso efeito de uma vegetação abundante é criado!"*

Ela nunca ouviu falar de uma ilusão dessa antes, mas teve essa ideia agora mesmo. Ela não tinha ideia de como poderia proceder. O medo começou a tomar conta dela. É compreensível: ela e suas amigas estão em um local desconhecido, sozinhas. A comunicação móvel não funciona, nem a Internet. O que fazer? Aonde ir?

Arthuria desceu da árvore, mal conseguindo suprimir seu pânico.

"Não há esperanças", resumiu Marilyn com tristeza.

"Sim", acenou Arthuria não menos triste. "Sem sinal de civilização em volta! Aparentemente, isso é algum tipo de ilusão de ótica de refração de luz, quando um falso efeito de abundância de vegetação é criado!"

Mesmo assim, ela involuntariamente olhou para Lancitel com cautela, esperando por mais relatos de reptilianos e Mercúrio retrógrado. Porém, a jovem esotérica estava surpreendentemente calada, examinando atenciosamente as árvores ao redor.

"Vamos recapitular", enquanto isso, Marilyn continuou a falar. "Estamos sozinhas, em um lugar desconhecido. A comunicação móvel e a Internet não estão funcionando. De suprimentos temos duas guitarras elétricas, trajes de palco e três smartphones que se tornaram completamente inúteis. Dinheiro e cartões de crédito na floresta também são inúteis — não compraremos nada com eles. Os sprays de insetos serão úteis. As três garrafas d'água e os sanduíches que temos em nossas mochilas não durarão muito. Em outras palavras, estamos em maus lençóis. Existem dois cenários para o desenrolar dos eventos: o primeiro é encontrarmos uma maneira e sairmos da floresta. E Arthuria, do topo da árvore, de fato, avistou algum tipo de ilusão de ótica de refração de luz, quando um falso efeito de uma abundância de vegetação é criado. E a segunda opção — nós realmente nos perdemos, de uma maneira impensável vagando em uma floresta real, que por algum motivo não estava em mapa algum. Neste caso, a única coisa pela qual podemos esperar é que nossos pais percebam em breve que estamos perdidas. E, é claro, nós definitivamente não iremos ao Festival. Porém, dadas as circunstâncias, essa é a menor de nossas preocupações. O principal problema é: como iremos conseguir comida e água se ficarmos presas aqui por alguns dias?"

Marilyn não entrou em pânico. Como uma verdadeira matemática e mecânica, ela raramente entrava em pânico. E apesar do fato de ela ter estudado teatro, e ela o fez muito bem, na vida cotidiana ela era impressionantemente calma.

"Por que alguns dias?" Murmurou Arthuria involuntariamente, sentindo um frio por dentro.

"Vários dias terrestres, isto é, as revoluções do planeta em torno de seu eixo", respondeu Marilyn. "Alguém lembra das lições de sobrevivência na floresta da escola?"

Elas tinham uma aula na escola uma vez por semana, formalmente adicional, mas na verdade obrigatória (porque era ensinada pelo marido da diretora) sobre os fundamentos da segurança da vida. Durante as aulas, o marido da diretora falava sobre como agir em situações difíceis, durante desastres naturais, como fornecer os primeiros socorros e como sobreviver na floresta. E ninguém escutou atentamente às lições de como sobreviver na floresta. Todas as crianças da escola pensavam: por que um morador de cidade moderna que não irá acampar na floresta deveria aprender isso? Se uma pessoa quiser ir à floresta, essa pessoa pode conseguir as informações necessárias na Internet!

E então uma situação irônica aconteceu: três moradoras da cidade acabaram nessa densa floresta, embora elas não tivessem planejado. E, é claro, elas não leram nada na Internet sobre esse tema e não lembravam de nada das lições da escola!

"Eu não me lembro daquelas lições", respondeu Lancitel com alegria. "Mas nós podemos ler as cartas!"

Ela parecia ser a menos preocupada com a situação na qual estavam das três delas. Ou talvez ela apenas acreditasse fortemente no poder do divino.

De qualquer maneira, Lancitel não seria ela mesma se agisse de forma diferente. Assim, ela encontrou um graveto, desenhou quatro direções no chão com ele, e então pegou um pingente de vidro de seu pescoço, o qual ela sempre carregava consigo. E estando em uma posição teatral, ela levantou suas mãos para o céu e disse:

"Oh espíritos desta floresta! Mostre-nos o caminho, como podemos sair daqui?"

E as garotas comeram a mover lentamente o pingente sobre as quatro direções. Elas simbolizaram os quatro pontos cardinais (errado, claro, desenhado apenas em posições supostas). Era de alguma forma como divinação usando um pêndulo, mas Lancitel tinha seu próprio sistema. Ela contava mentalmente um certo número de segundos e então ela olhava: o 'pêndulo' congelou ou não? Se congelou, então a direção está correta. Se não congelou, então a direção está errada.

Claro, surge a pergunta: e se o 'pêndulo' não parar em nenhuma das direções no tempo contado? Curiosamente, isso nunca aconteceu antes. Lancitel sempre encontrava uma das direções. E, muitas vezes, correta. Porém, todos acreditavam que isso não passava de uma coincidência.

"Espíritos da floresta! Escutem-me!" Disse novamente Lancitel.

Arthuria e Marilyn olharam-se ceticamente. Elas não acreditavam em esoterismo. Contudo, era verdade que algo precisava ser feito. Mas ninguém sabia andar pela floresta.

"Talvez não devêssemos apenas ficar onde estamos? Todas as crianças sabem que se estiverem perdidas, devem ficar onde estão", Arthuria sussurrou para Marilyn. "E não vá a nenhum lugar com ninguém!"

"Sim, mas não somos crianças. Embora, é claro, isso não seja verdade apenas para crianças..." suspirou a jovem atriz matemática. "Contudo, é improvável que isso nos ajude agora. Nossos pais não irão nos ligar até tarde da noite."

Ambas as garotas suspiraram. Elas se lembraram de seus pais. Eles tinham certezas que suas filhas responsáveis de vinte anos de idade seriam cuidadosas e comedidas. E que certamente elas não iriam se perder tentando pegar um atalho por um bosque presumidamente pequeno.

"Lá! Nós vamos para lá!" exclamou Lancitel alegremente, apontando para a direita.

"Talvez não devêssemos ficar onde estamos?" Sugeriu Arthuria com poucas esperanças.

"Em teoria, até onde me lembro do mapa na Internet, o bosque deve ser pequeno", Marilyn respondeu reflexiva. "Provavelmente, faz sentindo continuar andando: chegaremos a algum lugar, vamos embora."

"Sim, pequeno... Quando eu estava olhando o entorno daquele carvalho, não vi nenhum sinal de civilização. Mas isso pode ser uma ilusão de ótica."

"Sim, isso pode ser explicado de diferentes maneiras. Isso realmente pode ser uma ilusão de ótica. Ou, por exemplo, aquele carvalho no qual você subiu não é alto o suficiente. Então você só viu os topos das árvores. Tudo é explicado matematicamente."

"Eu mesma entendo que deve haver uma explicação razoável para isso, mas ainda..."

Arthuria sentiu um arrepio novamente. Marilyn tinha acabado de recuperar a compostura. E Lancitel novamente declara confiantemente:

"Vamos para lá! O que estamos esperando? Vamos!"

E elas foram, sem saber a onde. No caminho, Lancitel convocou 'os espíritos da floresta' várias vezes mais, e então as garotas mudavam de direção.

Após um tempo, ficou claro: a floresta não acaba, ela é muito longa. O pânico começou a se apoderar das garotas. Arthuria escalou as árvores várias vezes e olhou ao redor, mas havia apenas a floresta. Sempre calma, Marilyn mal conseguia se controlar. Ficou claro: isso definitivamente não é algum tipo de ilusão de ótica, que, devido à refração da luz, um falso efeito de uma abundância de vegetação é criado. E somente Lancitel repetia:

"Nós fomos transportadas para o passado ou para um outro mundo! Este lugar tem uma aura diferente!"

Como resultado, após uma outra repetição dessa frase, Arthuria perdeu a paciência e perguntou:

"E o que você propõe que façamos se estivermos em um outro mundo ou no passado?"

"Claro, precisamos fazer o que os reptilianos que nos trouxeram aqui querem, com a ajuda do brilho dourado! De fato, isso faz algum sentido!"

Então, como em contos de fantasia, você está sugerindo que precisamos salvar alguém ou encontrar algo? Como salvar um reino ou encontrar algum artefato?" Arthuria sugeriu ceticamente.

"Sim, exatamente."

"Mas a concepção de fantasia não conflita com os reptilianos do espaço sideral?" Marilyn fez a mesma pergunta que preocupava Arthuria.

"Não, em nada. O universo é vasto e multifacetado", respondeu Lancitel com completa confiança.

Suas amigas olharam-se expressivamente. Elas gostavam de se comunicar com a Lancitel, elas eram amigas desde a infância. Contudo, às vezes ela dizia coisas bem estranhas...

... As garotas andaram por mais algum tempo. As horas nos smartphones mostravam que elas estavam andando pelo 'bosque' por quase uma hora.

Por dentro de Arthuria, tudo estava ficando mais frio, e Marilyn, sempre calma, mal conseguia suportar o pânico. Ambas perceberam com terror que apesar de toda a falta de lógica e de todos os absurdos que estavam acontecendo, a versão da Lancitel sobre o que estava acontecendo parecia ser uma das explicações mais plausíveis.

"Ou nós três somos tão estúpidas que estamos andando em círculos aqui por uma hora!" Pensou Arthuria preocupada. *"Todas as árvores são bem similares! E quem sugeriu pegarmos um atalho?"*

Ela tentou lembrar deste evento recente. Isso se tornou algo paradoxal: as três delas propuseram ao mesmo tempo.*"Agora está claro: todas nós somos culpadas por isso"*, suspirou a garota, percebendo que ela era igualmente culpada pelo que aconteceu. *"Agora devemos pensar não em chegar a tempo para o começo do Festival, mas em como sair deste lugar..."*

De repente, ela notou como a floresta começava a diminuir. O ar cheirava a água, umidade e plantas aquáticas. Soprava frescor e uma sensação de umidade. Nessa hora, em pouco tempo, uma clareira adjacente ao lago da floresta se abriu diante dos olhos das garotas. E em sua margem estava uma modesta casa construída de pedras com argila. Casas anexas construídas de tábuas de madeira grosseiramente processadas juntaram-se a ela. Com toda essa aparência, parecia mais a moradia de uma bruxa da floresta de alguma fantasia, como se tivesse saído de páginas de histórias estereotipadas.

Um caminho trilhado levava à casa, indo em direção à estreita floresta, para além do lago. E na entrada da casa, um cachorro preto gigante dormia. Ao examinar melhor, ficou claro: era um mastim.

"Os espíritos da floresta nos trouxeram a este lugar", Lancitel apontou seu dedo em direção à casa, e então colocou o pingente de vidro ao redor de seu pescoço.

"Assim como em uma história de fantasia clichê..." Arthuria riu. *"Agora o cachorro irá latir, uma bruxa local sairá da casa e nos confiará alguma missão..."*

Ela não sabia que Marilyn estava pensando a mesma coisa. E ela não sabia que esse palpite estaria completamente correto.

Em seguida, o cachorro latiu:

"Woof! Woof!" na floresta silenciosa, interrompido apenas por sons de insetos, pássaros e pequenos animais, o latido parecia excepcionalmente alto.

"Sim, sim, Carbo! Chegou alguém? Por que você está tão nervoso?" a voz de uma mulher veio de dentro da casa.

"Woof! Woof!" o mastim preto continuou a 'receber' as visitas. Ele não correu para atacar as garotas, permaneceu na entrada da casa. Mas como toda essa aparência ele mostrou: é melhor não chegar perto e não aborrece-lo.

"Parece que é melhor ficarmos longe", resumiu Arthuria nervosa.

"E não faça nenhum movimento brusco", complementou Marilyn.

"Se ele atacar, os sprays de insetos irão nos ajudar?", perguntou Lancitel, lutando para se controlar. Ela tinha medo de cachorros grandes. "Eu acho que vi na Internet que sprays picantes ajudam nesses casos..."

"Vamos esperar que a dona dele apareça logo e que seja razoável", Arthuria tentou não entrar em pânico. Porém, mentalmente ela não conseguia entender: por que um cachorro tão grande foi deixado sozinho? Pode ser perigoso!

Enquanto isso, uma mulher de meia idade apareceu da casa. Ela era baixa, de altura mediana, com longos cabelos prateados amarrados com tranças extravagantes. Ela parecia ter uns 40 anos.

Se olhasse de perto, ficaria claro que ela estava vestida de maneira estranha: usava um simples vestido de lona feito de tecido caseiro não tingido, amarrado com o mesmo cinto. Era como se a mulher fosse uma personagem de alguma história sobre a Idade Média, ou uma habitante do mundo clichê das espadas e mágica.

As garotas se olharam com surpresa. Até mesmo Lancitel, com o seu amor pelo misticismo, estava retraída. Até agora, essa foi a primeira vez que ela encontrou algo tão incomum na vida real.

"Quem é ela?" Marilyn sussurrou suavemente. "Uma funcionária de algum parque temático?"

Na Internet, eu vi um anúncio de um novo parque temático na Inglaterra dedicado à lenda do Rei Arthur..." respondeu Arthuria. "Meus pais são fãs dessa lenda, eles queriam visitá-lo... Mas eu achei que esse parque ficava em uma outra parte do país..."

Lancitel, estranhamente, permaneceu calada.

Enquanto isso, o cachorro continuou a latir, e sua dona finalmente notou as garotas.

"Oh!" ela exclamou com espanto, apressando-se para conhecê-las. "Quem são vocês, estranhas? Vocês estão vestidas de forma tão incomum... Vocês devem ser de família nobre! Mas neste caso, onde estão suas escoltas? Aconteceu algo?"

Conforme a mulher falou, o cachorro chamado Carbo se acalmou um pouco. Pelo menos ele não iria atacar as hóspedes não convidadas.

Naquele momento, as garotas tardiamente perceberam uma coisa muito importante. A saber: todo esse tempo, a mulher falou em sua língua nativa. Sem sotaque. Isto é, não em inglês (embora todas as três garotas soubessem bem inglês e, assim, poderiam viajar pela Inglaterra sem problemas).

Acabou por ser uma situação extremamente estranha: agora as garotas estavam na Inglaterra. Isto é, elas poderiam chegar a uma conclusão óbvia: as pessoas daqui falam inglês. E no primeiro encontro com Arthuria, Marilyn e Lancitel, as pessoas daqui não podem começar a falar a língua nativa das garotas. Apenas porque as pessoas não sabem exatamente de onde vieram as garotas.

Claro, é possível que alguns dos locais saibam a língua nativa das garotas e comecem a se comunicar com elas. Mas isso não pode ser feito apenas olhando para elas. Porque no mundo moderno, na maioria dos casos, em princípio, é impossível determinar à primeira vista de qual país uma pessoa vem. Afinal de contas, pessoas de diferentes raças e tipos de aparência vivem em todos os países. Graças aos vários meios de transporte, é possível viajar para muitas partes do mundo. As roupas modernas, em muitos países, também são similares. E até mesmo a presença de instrumentos musicais (como aqueles de Arthuria, Marilyn e Lancitel) não é incomum.

"Queridas senhoras, qual é o problema com vocês? Vocês estão bem?" nesse meio tempo, a mulher perguntou novamente. E novamente em sua própria língua. "Vocês parecem tão confusas..."

"Bem..." Arthuria tentou se recompor. "Madame, estamos surpresas que você converse conosco em nossa língua nativa, mesmo que você esteja nos vendo pela primeira vez. Você já esteve em nosso país e imediatamente entendeu de onde nós somos? Ou talvez você também é de lá?"

"Sim, está certo, eu acho que sim", pensou Arthuria. *"Essa mulher é do mesmo país que. nós. Ela deve ter vindo aqui para trabalhar. E quando ela nos viu, por hábito, ela conversou conosco não em inglês, mas em sua língua nativa! Que coincidência incrível!"*

Marilyn e Lancitel (apesar de seu amor pelo misticismo) pensaram o mesmo. Por um momento, as garotas se encheram de otimismo: depois de tudo, nessa situação, um encontro desse é bastante encorajador!

Entretanto, contrariamente às suas expectativas, a mulher se perdeu por um momento, e então sorriu gentilmente e disse:

"Queridas senhoras! De fato, eu já viajei muito ao passado! Porém, nesses lugares, é claro, eu falo a língua local! O que as surpreende tanto? E onde estão suas escoltas? Ou... Talvez vocês estejam aqui em segredo?"

O olhar da mulher se tornou malicioso. E as garotas pensaram consigo mesmas:*"Está claro, depois de tudo, acabamos em algum parque temático local no estilo da Idade Média. E ela, provavelmente, desempenha o papel de uma bruxa da floresta! Que convincente!"*

Até mesmo Lancitel pensou o mesmo. Apenas mais um pensamento passou por sua cabeça:*"Bem, talvez tenha sido melhor eu estar errada e nós não acabamos em um outro mundo... Caso contrário, teríamos certamente problemas com microbiomas e muito mais! Nós teríamos trazido novas doenças para a Idade Média, e teríamos contraído algumas doenças desconhecidas dos habitantes ou nos envenenado com a comida local! Em um outro mundo, com certeza, haveria os mesmos problemas!"*

Sim, Lancitel era a esoterista. Mas ela também amava biologia na escola. Assim, ela entendia como o encontro entre locais e viajantes do tempo e/ou espaço poderia terminar.

E curiosamente, suas amigas mais racionais não pensaram nisso. Talvez porque elas nem conseguissem pensar que poderiam realmente acabar em um outro mundo ou no passado.

Enquanto isso, a mulher disse novamente:

"Bem, queridas senhoras! Por favor, entrem em minha humilde casa! Lá discutiremos tudo! Vocês vieram a mim para que eu possa dizer os seus futuros, correto? Vocês devem ter vindo de longe! Ah, a minha humilde pessoa é tão famosa que damas nobres de terras distantes vêm atrás de mim! A propósito, meu nome é Viviane. E eu sou uma bruxa e uma vidente. Os habitantes me chamavam de Dama do Lago! Contudo, do que estou falando? Vocês provavelmente já escutaram tudo sobre isso!"

Obviamente elas já tinham escutado sobre a Dama do Lago Viviane, a fada do lago das lendas de Arthur.

A mulher fez um gesto de convite com as mãos. E as garotas, pensando consigo mesmas: *"Bem, parece que caminhamos até o parque temático do Rei Arthur... Em qualquer caso, há três de nós, e seremos cuidadosas! Então é improvável que algo ruim aconteça! Iremos apenas olhar a casa, e se algo nos alertar, correremos imediatamente!"*

E elas foram logo após Viviane. Elas estavam confusas após caminhar por uma floresta e não entendiam direito que era uma má ideia entrar na casa de uma eremita da floresta (mesmo com a intenção de apenas olhar) sem ter certeza se estavam em um parque temático. Afinal de contas, qualquer pessoa pode estar na casa e qualquer coisa pode acontecer. Mas as coisas não acabaram do jeito que elas esperavam...

Capítulo 2. Então, Ainda é um Outro Mundo?

O mundo não é exatamente conhecido, presumidamente a Terra e a Grã-Bretanha durante a Idade das Trevas

Arthuria, Lancitel e Marilyn estavam quase na casa de Viviane. O cachorro Carbo farejou desagradavelmente, olhando para elas com óbvio incômodo.

"Bem, bem, pequeno Carbo, não assuste as respeitáveis senhoras desse jeito!" Viviane disse.

'Pequeno Carbo', sendo um enorme mastim, pesava provavelmente cerca de oitenta quilogramas. *"Este cachorro é mais que eu!"* Arthuria notou mentalmente. *"Contudo, os pets são sempre 'pequenos' para os humanos. Afinal, eu também chamo minha Pastora-alemã de 'pequena'... Oh, minha querida Dinah! Como ela está lá? Meus pais brincam com ela o suficiente?"*

A Pastora-alemã de Arthuria, Dinah, gostava muito de brincar e passear. Não havia problemas em andar: a família da garota morava em uma casa de campo privada com o terreno cercado. E eles construíram uma porta de cachorro especial para Dinah. Arthuria e seus pais não tinham medo que Dinah fugisse: sua casa adjacente era seguramente cercada, a cadela usava um colar com números de telefone e, por precaução, ela tinha um microchip. E é claro, todos os vizinhos conheciam bem a 'pequena Dinah'.

Ademais, a Pastora-alemã poderia ser chamada de 'senhora bem-educada'. Literalmente por ela abanar com a cabeça e ter raciocínio rápido. Ela não ia para longe de casa, raramente latia por nenhum motivo e conhecia vários comandos. Em outras palavras, ela era uma cadela exemplar.

E, a propósito, Dinah pesava trinta e um quilogramas. Porém, para sua família, ela sempre permaneceu uma 'bebê' e 'charmosa'.

... Nesse meio tempo, das reflexões e memórias da cadela, Arthuria foi interrompida pelas exclamações de suas amigas:

"O que está acontecendo?" Marilyn entrou em pânico. Ouvir sua voz de pânico era algo bem estranho. Afinal de contas, ela era sempre racional e calma.

"A-ah-ah! Foi tudo feito pelos reptilianos! Parece que eles nos transportaram para um vídeo game!" Lancitel agarrou sua cabeça. Apesar disso, ouvir de suas palavras sobre reptilianos não era algo estranho.

"O que está acontecendo? O que há de errado com você?" perguntou Arthuria.

Porém, naquele momento, a mesma coisa que aconteceu com suas amigas, aconteceu com ela. Especificamente, um brilho dourado apareceu diante de seus olhos. Um painel apareceu no canto de sua visão, como aqueles encontrados em vídeo games. Contudo, ao mesmo tempo, era diferente.

No painel, estava escrito: *"Arthuria, 20 anos de idade. O mundo é uma das variantes da Terra no Sistema Solar, a Singularidade 20-01. Localização - Grã-Bretanha. O tempo é do período da Idade das Trevas"* No canto, havia um cronômetro que mantinha o controle do tempo e um ícone de referência. Não havia mais nada: sem mapas e sem ícone de opções, o que geralmente está presente na interface de muitos jogos. Somente um cronômetro, um livro de referência e informações gerais sobre o 'dono' do painel de controle e sua localização extremamente aproximada. E, é claro, a pergunta permaneceu: como abrir o 'livro de referência' ou o que é exatamente esse ícone?

"O que está acontecendo?" Arthuria também gritou, agarrando sua cabeça com terror. "O que é uma 'Singularidade'? Então, às vezes, personagens de filmes e jogos de fantasia chamam outros mundos onde a história do desenvolvimento do mundo ocorreu de maneira diferente!"

Uma variedade de pensamentos passou por sua cabeça. Começando pelo fato de que o que está acontecendo é apenas um sonho e terminando com a versão da Lancitel de que reptilianos do espaço sideral as transportaram a um vídeo game.

Nesse meio tempo, uma voz ecoou na cabeça da garota.

"O sistema 'Multimídia Jornada Por Tempos e Singularidade' dá boas-vindas à usuária Arthuria. Você, juntamente com os principais usuários, foi transportada à Idade das Trevas britânica, localizada na Terra do Sistema Solar, Singularidade 20-01. O seguro de usuário padrão está incluso. O seguro de usuário padrão inclui proteção contra o envelhecimento, proteção contra qualquer tipo de violência praticada pelos residentes locais, proteção contra a dor e proteção contra doenças. O seu microbioma é protegido por um campo de energia do microbioma dos residentes locais, para se evitar a ocorrências de epidemias. Também, a função tradução simultânea está inclusa para uma comunicação mais confortável com os locais. Um recurso para ler textos também está incluso na forma de legendas síncronas. Todos os textos que você escrever será convertido em textos no idioma dos locais a sua volta. A geração de bônus aleatórios e de parâmetros adicionais não está inclusa no seguro padrão. O 'Multimídia Jornada Por Tempos e Singularidades' te deseja uma boa aventura! O contrato de sua estadia neste mundo é de dez anos. A contagem regressiva começa após a declaração de instrução ser completada! Você pode encontrar ajuda e informações adicionais em seu perfil no painel de controle."

A voz estranha parou de falar e Arthuria congelou, em estado de choque. Julgando pelas expressões nos rostos de Marilyn e Lancitel, elas ouviram a mesma coisa (só que com seus nomes).

"Queridas senhoras, qual é o problema com vocês?" Viviane estava preocupada. Ela não ouviu nada, assim, ficou perplexa.

Porém, as garotas entenderam por que elas entendiam Viviane. A menos que, é claro, tudo o que está acontecendo foi um sonho ou uma filmagem com uma câmera escondida, que usa uma super nova tecnologia que tornou possível a criação de efeitos tão realísticos.

"Exatamente! Eu estou dormindo! Ou é uma câmera escondida!" exclamou Arthuria.

O cachorro Carbo respondeu a sua reação emocional latindo, e Viviane olhou para as queridas garotas de olhos redondos com surpresa.

"Que câmera escondida? Eu tenho algum tipo de interface diante de meus olhos!" Marilyn ficou indignada. "Em vez disso, eu estou sonhando ou você está brincando comigo! E a interface do jogo é um holograma! Arthuria e Lancitel, vamos lá, vocês fazem parte do programa da câmera escondida, não fazem?"

"Não, eu estou dormindo ou você está brincando comigo!" Arthuria ficou indignada.

"São reptilianos do espaço sideral! Eles nos transportaram para uma outra dimensão! Ou para um jogo! Mas por quê?" perguntou-se Lancitel.

As garotas discutiram por um longo tempo qual delas 'atua em um programa de câmeras escondidas' e se a existência de reptilianos do espaço era possível. Lancitel continuou a falar sobre os reptilianos, e Arthuria e Marilyn sobre a câmera escondida. Mais precisamente, não para conversar, mas para emocionalmente gritarem uma com as outras sob o latido de Carbo.

Viviane ficou parada e olhou as garotas com total perplexidade. Pela primeira vez, ela tinha escutado as palavras estranhas 'reptilianos' e 'câmera escondida'. E o que é um 'jogo'? *"Esse é o entretenimento das damas nobres de hoje? Vir à casa de uma bruxa da floresta e brigar uma com as outras?"* pensou a mulher. *"Ou essas três garotas não são pessoas nobres? Elas podem ser apenas insanas? Não, é impossível... Suas mãos parecem delicadas e suas unhas bem-feitas. Suas roupas, apesar de estranhas, são feitas de tecido delicado e com belas cores. Nunca vi nada assim! Provavelmente, elas são de longe... Porém, elas estão limpas! Os rostos, roupas, cabelo... Parece que elas tomaram um banho e lavaram as roupas bem recentemente! Talvez elas tenham chegado com uma comitiva! Eles provavelmente estão esperando fora da floresta. Mas então por que elas vieram do lado do bosque da floresta? Apesar de que elas podem ter se perdido um pouco... Em qualquer caso, elas não parecem perigosas. E suas malas estranhas parecem mais com instrumentos musicais, como grandes alaúdes, iguais àqueles que os bardos carregam consigo! Mas em qualquer caso, elas não parecem ser as pessoas sobre as quais meus cálculos astrológicos me contaram: os viajantes de muito longe virão em breve e trarão prosperidade a essas terras!"*

Foi o que Viviane pensou. Afinal, ela, de fato, era a bruxa que vivia na floresta localizada próxima a Camelot.

Sim, isso mesmo, aquela cidade gloriosa de Camelot, a qual Arthuria, Lancitel e Marilyn conheciam das lendas do Rei Arthur. A única diferença é que Camelot, a qual Viviane conhecia e vivia próxima, era governada por Uther Pendragon. De acordo com as lendas familiares às garotas, ele era conhecido como o pai de Arthur. Porém, a Terra do Sistema Solar, Singularidade 20-01, tinha suas próprias características e diferenças, as quais as garotas ainda não conheciam...

"São reptilianos!" gritou Lancitel.

"É uma câmera escondida!" Marilyn e Arthuria gritaram juntas.

"Woof! Woof!" latiu Carbo.

O grande mastim não se aproximou das garotas. E seu latido ficou... confuso? Talvez sim. Pois o cachorro nunca viu três pessoas que vieram até sua dona discutirem entre si tão desesperadamente.

"Queridas senhoras!" finalmente, Viviane não aguentava mais. "Por favor, parem de gritar uma com a outra e me expliquem o que há de errado!"

Sua voz soou tão determinada que Arthuria, Lancitel e Marilyn instantaneamente ficaram em silêncio e olharam para ela. As três delas ainda viviam um trauma associado a uma diretora de escola extremamente rígida (elas estudaram na mesma escola). E agora, Viviane as lembrou muito dela.

O medo da escola, que ainda não tinha passado completamente, foi sentido. As garotas imediatamente ficaram eretas e disseram juntas:

"Sim!" quase dizendo o nome da diretora.

"Woof?" Carbo ficou surpreso, pego por uma metamorfose bastante inesperada.

"Queridas senhoras, eu não tenho absolutamente nenhuma ideia de qual seja o problema. Por favor, expliquem-me. Contem-me suas histórias", disse Viviane já calma.

Arthuria, Marilyn e Lancitel se olharam. Todas elas tinham a interface de um "jogo"(?) diante de seus olhos. As três se beliscaram, por precaução, para terem certeza de que o que estava acontecendo não era um sonho, e se olharam novamente.

"O 'Multimídia Jornada Por Tempos e Singularidades' disse que temos seguro contra todos os tipos de violência dos locais. Isto é, se acontecer algo, não iremos ser queimadas na fogueira e apedrejadas até a morte?" sussurrou Arthuria às suas amigas.

"Eu me pergunto: como isso será? Os locais não terão esses interesses ou irão nos cercar com armaduras?" Pensou Marilyn.

"Provavelmente nos cercarão", respondeu Lancitel. "É mais fácil do que controlar as mentes das pessoas a nossa volta."

"Bem, provavelmente haverá armaduras..." concordou Arthuria. "Se considerarmos que realmente chegamos a algum lugar, faz sentido dizermos quem somos e de onde viemos? Ou é mais fácil apenas correr?"

"Provavelmente é melhor dizer. Se nos cercarem com armaduras, definitivamente teremos tempo para escapar", sugeriu Marilyn moderadamente.

Lancitel assentiu. E Arthuria, virando para Viviane, começou sua história com um suspiro:

"Nós somos viajantes... De uma terra distante. E talvez de um outro mundo e tempo..."

"De um outro mundo e tempo?" ´perguntou Viviane. Ela pareceu surpresa, mas não assustada. "Bem, parece que agora eu entendo por completo o que meus cálculos astrológicos queriam dizer e o que exatamente Mercúrio retrógrado indicava... Vocês realmente são as viajantes da minha visão?"

"As quais trarão prosperidade a essas terras..." complementou-se a mulher. Ela não disse isso alto, pois estava ligeiramente supersticiosa e com medo de 'estragar' a visão. Além disso, ela não tinha completa confiança sobre este momento.

"Sim, Mercúrio retrógrado!" enquanto isso, exclamou Lancitel. "Quando eu estava fazendo um horóscopo ontem, eu vi a influência de Mercúrio retrógrado em nossos destinos! E as cartas de Tarot mostraram um longo caminho e muitas dificuldades na vida!"

"Tarot? O que é isso?" Viviane ficou surpresa.

"São cartas especiais para adivinhação! Eu tenho um baralho com o qual tenho uma conexão energética. Com meu baralho, eu consigo fazer previsões precisas. Porém, não consigo 'fazer muitos amigos' com outros baralhos..."

"Ah, eu entendo, eu entendo! Para uma vidente, uma ferramenta é um aspecto de trabalho muito importante! Eu geralmente leio runas e faço cálculos astrológicos. Eu ouvi falar que a leste, no reino do Egito, as videntes usam cartas, mas em nossa área não é aceito!"

A conversa de Viviane e Lancitel estava claramente começando a fluir em uma direção errada. Assim, Arthuria delicadamente limpou sua garganta para chamar a atenção.

"Ah, claro, desculpem-me, senhoras! Que indelicadeza minha: por favor, entrem em minha humilde residência, onde podemos conversar", lembrou a bruxa da floresta. "Eu acho melhor conversarmos lá dentro do que discutir coisas tão importantes aqui fora."

Ela convidou as garotas para sua casa. Cautelosamente entrando, elas olharam ao redor e respiraram em alívio: dentro, a casa parecia como a maioria das casas de filmes sobre a Idade Média. Ela continha uma lareira, uma mesa simples e dois bancos. Na esquina, havia uma simples cama de madeira, separada do resto do cômodo por uma curtida aberta de linho feito em casa. Havia também vários baús. Prateleiras rudemente feitas de madeira estavam alinhadas ao longo da parede oposta, preenchidas com todos os tipos de garrafas e potes de argila. Ramos de ervas pendiam do teto e secavam.

Carbo correu para dentro da casa, apertando-se entre as garotas. Ele decididamente correu e deitou-se na cama. Com toda sua aparência, ele parecia dizer: *"Eu estou vendo vocês, estranhas! E eu não vou decepcionar minha amiga humana!"*

"Provavelmente ele não gosta muito de nós..." pensou Arthuria, olhando para o cachorro e involuntariamente lembrando de sua pastora-alemã, Dinah. *"Bem, se nós realmente tivermos sido transportadas ao passado, nós provavelmente estamos emitindo cheiros completamente diferentes... E de acordo com Carbo, somos nós que devemos estar com medo."*

Nesse meio tempo, Viviane convidou as garotas para se sentarem nos bancos. Arthuria se apresentou, apresentou suas amigas e então honestamente disse como as três estavam indo ao Festival, decidiram pegar um atalho pelo bosque, mas inesperadamente acabaram em uma floresta densa e, então, conheceram Viviane.

A bruxa da floresta ouviu atentamente Arthuria, assim como Marilyn e Lancitel, que às vezes adicionavam seus comentários. Ela não interrompeu, apenas ocasionalmente fazia um gesto de advertência com as mãos para Carbo, que de tempos em tempos começava a cheirar de forma ameaçadora. O porquê ele cheirava é incerto: as convidadas se comportavam de forma calma.

Conforme Arthuria contava a Viviane sobre tudo, ela percebeu mais e mais a estupidez do que estava acontecendo. Ela e suas amigas acabaram em um lugar estranho e todas as três tinham a 'interface de um jogo' diante dos olhos.

"A propósito, você tem algo estranho diante se seus olhos? Você escutou vozes estranhas?" Ao final da história, Arthuria perguntou a Viviane.

"Não, eu não ouvi nada estranho e não vi nenhuma coisa estranha diante de meus olhos", ela balançou a cabeça. "Eu vejo o mundo da forma que geralmente vejo."

O silêncio reinou por um momento, interrompido apenas pelo farejar insatisfeito de Carbo.

"Senhora Viviane, você não parece muito surpresa", disse Marilyn, olhando para a bruxa da floresta. "Sua reação é como se já tivesse conhecido pessoas como nós ou já ouviu falar sobre isso."

"De fato, senhora Marilyn, você está bastante certa. Eu já ouvi falar deste fenômeno", a mulher acenou com a cabeça. "Há muitos, muitos anos atrás, quando eu ainda não havia morado por essas partes, eu conheci uma garota de um outro mundo. Ela não vestia roupas estranhas, ela se parecia mais como uma local. Todas a consideravam uma artista de sucesso. Contudo, um dia entramos em uma conversa e ela me disse coisas estranhas. Eu não consegui acreditar, então eu realizei adivinhações e fiz cálculos astrológicos. No final, todos eles mostraram que as palavras da garota eram verdadeiras. E que ela, de fato, havia vindo de longe."

"O que aconteceu com a garota?" Perguntou Lancitel.

"Ela desapareceu, exatamente após dez anos de sua primeira aparição na cidade em que vivia."

As garotas se olharam: eram dez anos que seus cronômetros estavam contando na 'interface do jogo'. A propósito, o tempo havia diminuído um pouco. Exatamente o quanto as amigas estavam nesse lugar estranho.

Aquela artista era igual a elas: uma usuária voluntária ou involuntária do misterioso 'Multimídia Jornada Por Tempos e Singularidades'? Ou é apenas uma coincidência?

"Essa artista disse alguma coisa sobre 'interface'?" Perguntou Arthuria a Viviane.

"Não", respondeu ela. "Eu não entendo exatamente o que é essa 'interface', mas percebi que vocês estão vendo algo que não está disponível em minha visão. E que algo lhes mostrou que vocês estão certamente na Grã-Bretanha."

"Senhora Viviane, você poderia nos mostrar em que lugar da Grã-Bretanha estamos exatamente?" Perguntou Marilyn.

"Claro! Estamos nas florestas próximas à gloriosa cidade de Camelot!"

"Wow! Camelot!" exclamaram as garotas simultaneamente.

"O seu mundo sabe sobre ela?" perguntou-se a bruxa da floresta.

"Essa é legendária cidade das lendas do Rei Arthur!" respondeu Arthuria. "Aparentemente, ainda estamos no passado..."

"Passado? Que incrível! Então, vocês são do futuro?" Viviane ficou surpresa. "Mas quem é Rei Arthur?"

"O governante de Camelot e o legendário Rei! Ele era filho de um outro Rei legendário, Uther Pendragon!"

"Ah, Sua Majestade Uther! Ele governa nossas gloriosas terras!" acenou Viviane. "Mas o Rei não tem filho."

"Talvez estejamos no período de tempo quando o jovem Uther governava", sugeriu Marilyn. "Eu espero que não afete o fluxo do tempo se eu disser que o Rei Uther terá um filho no futuro, Arthur, nascido da Senhora Igraine! Claro, não devemos confiar 100% em mitos, mas talvez algumas das incríveis aventuras de Arthur foram baseadas em alguns eventos reais!"

"Nosso Rei, de fato, é casado com a Senhora Igraine, viúva do Duque de Cornwall chamado Gorlois", respondeu Viviane. "Mas eles não têm filhos. Em muitos anos de casamento, as divindades não lhes enviaram filhos ou filhas."

"É possível que o Rei Arthur fosse sobrinho do Rei Uther que herdou o trono?" Sugeriu Lancitel. "E as lendas o lembraram como filho."

"É estranho ela não ter dito nada a respeito de reptilianos do espaço sideral", pensou Arthuria.

"Talvez, é claro, Sua Majestade tenha um sobrinho que ninguém sabe a respeito, porém, as mais prováveis a herdar o trono são sua esposa Igraine e sua filha com o Duque Gorlois, Morgause", respondeu Viviane pensativa. "Afinal de contas, é lógico que se o poder passar à Rainha, como a esposa do Rei, sua filha irá herdar após ela, mesmo que ela seja de outro casamento. Ao menos, isso ajudará a evitar revoltas desnecessárias no reino e desacordos entre a nobreza. Contudo, será difícil para Morgause escolher um marido: ela precisa fazer uma escolha de forma que a família de seu marido não ganhe muita influência."

"Isso parece razoável", respondeu Arthuria. "Mas de acordo com uma das lendas, o Rei Arthur foi criado pelo mago Merlin. Será que isso aconteceu em segredo?"

"Merlin?" Viviane ficou surpresa.

"Sim, o mago legendário! Às vezes, ele é chamado pelo nome Myrddin!"

"Seu nome é de alguma forma similar à Senhora Marilyn, embora seja pronunciado de forma diferente! Mas eu nunca ouvi falar dele... Embora eu conheça todos os mágicos locais e os famosos mágicos da Grã-Bretanha!"

"Hmm, estranho..." Disse Arthuria, pensativa novamente. "Mas os mitos e lendas não podem ser confiáveis cem por centro! Que ano é esse? Não há indicação clara da data de hoje em nossa interface!"

"Estamos no ano 5546 desde a Criação do Mundo, de acordo com o calendário do Império Etrusco! No sétimo mês e sétimo dia também!" Respondeu Viviane prontamente.

Por um momento, houve uma estranha pausa no lugar, interrompida apenas pelo calmo ronco de Carbo — ele percebeu que as convidadas não apresentavam ameaça e eventualmente dormiu.

"Desculpe-me, creio que entendemos errado... Em qual ano estamos?" Perguntou Marilyn.

"Estamos no ano 5546 desde a Criação do Mundo, de acordo com o calendário do Império Etrusco! No sétimo mês e sétimo dia também!" repetiu Viviane.

O lugar ficou em silêncio novamente.

"Queridas senhoras do futuro, algo as assustou ou envergonhou? Eu disse algo errado?" a bruxa da floresta ficou surpresa, vendo a óbvia confusão das garotas.

"Hmm, talvez em seu tempo vários sistemas cronológicos foram usados, o que não alcançou nossa era..." Marilyn tentou argumentar plausivelmente. "Mas, senhora Viviane, você sabe que ano é este de acordo com a cronologia Romana, de acordo com o calendário Juliano?"

"Cronologia Romana? Do que você está falando?" Viviane ficou genuinamente surpresa. "Como Roma, uma modesta província do Império Etrusco, pode ter sua própria cronologia? Queridas senhoras, vocês estão confundindo algo! Agora todos usam o calendário do Império Etrusco!"

Arthuria, Marilyn e Lancitel se olharam espantadas. Roma — uma modesta província do Império Etrusco? Como isso é possível? Claro, elas sabiam sobre os Etruscos — uma civilização anciã que no 1º milênio A.C. habitava o noroeste da Península Itálica. Eles criaram uma cultura avançada que precedeu os Romanos. Mas no final, a civilização Etrusca gradualmente se dissolveu e foi assimilada pelo desenvolvimento ativo de Roma. Dessa forma, foi extremamente estranho ouvir que Roma é apenas uma modesta província do Império Etrusco!

"Parece que a Singularidade 20-01 não é nosso mundo", Lancitel resumiu brevemente o que estava acontecendo. "E agora estamos no passado de uma outra realidade. Ela é similar à nossa, mas o desenvolvimento da história se deu de forma diferente."

O lugar ficou em silêncio novamente. Marilyn e Arthuria tentaram entender o que estavam escutando. A expressão de Viviane não mudou: ela entendeu desde o princípio que as garotas eram de um outro mundo. Sobre o fato de que elas estavam no passado, sugeriu Arthuria. Viviane não se importou sobre de onde elas vieram. Em qualquer caso, eram garotas de longe e de uma outra dimensão.

"Hm, espere, Lancitel..." Arthuria tentou protestar. "Um outro mundo parece... Estranho? E isso também me lembra de algum tipo de fantasia de terceira categoria, em que as heroínas voltam ao passado e lá se envolvem em várias aventuras estúpidas."

"Existem diversas teorias científicas que envolvem viagem no espaço e tempo, mas nenhuma delas foi provada", acenou Marilyn. "E com a 'interface do jogo' diante de meus olhos, foi mais fácil para eu acreditar que tudo o que estava acontecendo era apenas um sonho. Contudo, dado o realismo do que está acontecendo, não posso dizer isso."

"Isso tudo foi feito pelos reptilianos do espaço sideral!" exclamou Lancitel. "Provavelmente, viajar pelo espaço e tempo é como um jogo para eles! Assim, temos uma 'interface de jogo' diante de nossos olhos!"

"Espere, Lancitel, isso não explica, de forma alguma, a 'interface de jogo' que temos diante de nós!" Arthuria discordou. "Para a vermos, precisamos de algum tipo de efeito no sistema nervoso! Ou alguém nos colocou em uma simulação de realidade virtual! Mas se for isso, então por que os reptilianos precisam disso?"

"Eu falo como se começasse a acreditar em reptilianos!" pensou a garota mentalmente horrorizada. *"Isso é completamente ilógico! Mas então como explicar o que está acontecendo?"*

"Ah, é simples!" nesse meio tempo, respondeu Lancitel. "Talvez os reptilianos estejam conduzindo algum tipo de experimento social! Ou estão testando um novo jogo! Ou gravando um reality show!"

"Reality show? Os reptilianos?" Perguntou Arthuria ceticamente.

"Sim! Por exemplo, ele pode se chamar 'Garotas Em Um Outro Mundo'! Ou 'Lindas Viajantes do Planeta Azul'!" a jovem esoterista começou a fantasiar imediatamente.

"Ou 'Três perdedoras que não sabem como voltar para casa'", Marilyn interrompeu as estranhas fantasias. E ela expressou o que suas amigas ainda não tinham percebido: "Como voltamos para casa? Nossos pais vão procurar por nós! E julgando pelo cronômetro da 'interface do jogo', estamos aqui há dez anos!"

Lancitel e Arthuria congelaram por um momento e, agarrando suas cabeças, gritaram com o coração partido:

"NÃO! Isso não!"

"Woof?!" do choro delas, o cachorro Carbo pulou de medo e tentou se rastejar debaixo da cama. A tentativa não foi bem-sucedida — apenas sua cabeça rastejou debaixo da cama, pois o corpo era muito grande para isso.

"Oh, Carbo, você não é mais um filhote! Você não pode mais ficar debaixo de uma cama tão baixa!" disse Viviane. Provavelmente, o cachorro tentava periodicamente se lembrar de sua infância.

O mastim a olhou de forma triste. E então olhou para as garotas não menos triste.

"Por que eu sinto que ele está nos olhando como se fôssemos tolas?" Pensou Arthuria involuntariamente. *"Assim como minha Dinah às vezes..."*

"Dinah! Minha Dinah! Como você está sem mim?" lembrando-se da cadela, lágrimas caíram dos olhos da garota.

"É melhor você pensar em seus pais, não na Dinah..." Respondeu Marilyn ceticamente.

Arthuria ficou pálida, e então gritou novamente com o coração partido:

"NÃO! Minha mãe irá arrancar minhas orelhas se eu voltar em dez anos! E ela ficará muito preocupada... E meu pai também..."

"É exatamente isso o que eu queria dizer", confirmou Marilyn de forma desalentadora. "E também, se, de acordo com as instruções do 'Multimídia Jornada Por Tempos e Singularidades', nós tivermos um seguro de usuário padrão que inclui proteção contra o envelhecimento, então imagine como isso pareceria! Todas as notícias estariam cheias de manchetes: 'As garotas que desapareceram há dez anos retornaram tão jovens quanto no dia em que desapareceram!' Nós iremos atrair a atenção da mídia, cientistas, médicos, etc. E certamente haverá aqueles que não acreditarão em nossa verdade e irão nos considerar trapaceiras sem pudor!"

"NÃO!" Gritou Arthuria com o coração partido novamente, assustando Carbo ainda mais. Como resultado, o mastim rastejou debaixo do cobertor da cama e fingiu que não estava mais lá.

Nesse momento, Lancitel se acalmou e filosoficamente tocou seu dedo no ar, como se tocasse a tela de um smartphone.

"Pobrezinha..." pensou Arthuria, olhando para sua amiga. *"Ela estava completamente doente de estresse..."*

Porém, ao contrário de suas expectativas, Lancitel disse:

"Meninas, eu descobri um pouco como usar a 'interface do jogo'. Se você 'clicar' no ar duas vezes com seu dedo no ícone de opções, ele abre. E então há a seção 'Tempo padrão de permanecimento'. Se você a abrir, ela diz que no final de nossa permanência de dez anos no lugar onde o 'Multimídia Jornada Por Tempos e Singularidades' nos trouxe, retornaremos ao lugar de onde fomos transportadas. No mesmo momento e na mesma hora. Então o pânico de nossos pais e as terríveis notícias parecem ser postergadas."

Arthuria fez o que Lancitel tinha dito desacreditada. Marilyn seguiu o exemplo. Para as suas surpresas, elas efetivamente conseguiram abrir as opções, onde viram a seção correta. Precisamente abaixo do 'Acordo do Usuário' e 'Introdução'. E tudo estava escrita em suas línguas nativas! E lá estava escrito:

"O tempo padrão gasto em diferentes tempos e singularidades para usuários deste acordo é de 10 anos do calendário do planeta em que está. O tempo de permanecimento pode ser estendido se você fizer um pedido adicional e dar seu

consentimento. Um retorno mais cedo ao tempo de seu lar e Singularidade não é possível, devido a possíveis consequências negativas no espaço-tempo contínuo.

Em uma situação crítica, você será automaticamente transportado ao subespaço e imergido em criogênio, até que retorne ao seu tempo e Singularidade nativos.

Ao final da estadia e retorno ao seu tempo e Singularidade nativos, você retornará ao mesmo período do qual a transportação foi feita, três momentos após ao momento da transportação. Possível erro — mais ou menos dois momentos. Quando convertido em unidades de tempo familiares ao usuário, um momento é igual a um segundo.

O retorno é feito em um momento próximo ao momento de transportação, para evitar problemas com o espaço-tempo contínuo. Para mais informações, você pode contatar o Serviço de Suporte no endereço de e-mail astral abaixo."

Isso foi seguido por símbolos estranhos, vagamente remanescentes de runas anciãs.

"E o que isso significa?" quando terminou de ler, Arthuria perguntou.

"Que nós retornaremos para casa praticamente no mesmo momento em que fomos transportadas", respondeu Marilyn. "Por um lado, isso é bom, ninguém sentirá nossa falta. Nossos pais não entrarão em pânico e a mídia não ficará sobrecarregada com notícias de nosso miraculoso retorno. Mas há um ponto muito negativo — até lá, não podemos voltar. E ainda não está claro: seremos capazes de retornar depois? E até que retornemos, teremos que sobreviver de alguma maneira neste lugar — em um outro mundo, em um outro tempo. Espero que nossa 'armadura de trapaça' do seguro padrão funcione bem se necessário."

"O seguro promete proteção contra dor, doenças e qualquer tipo de violência dos locais..." suspirou Arthuria.

"E parece que o sistema do 'Multimídia Jornada Por Tempos e Singularidades' é algo de um jogo de reptilianos. Ou de outros aliens", adicionou Lancitel. "Assim como temos vídeo games. Eles têm jogos com transportação real a outros mundos e períodos de tempo. Ou é algum tipo de turismo?"

"Oh, desta vez não podemos ajudar discutindo com você..." ambas suas amigas suspiraram.

Viviane e Carbo as assistiram com interesse. A bruxa da floresta evitou fazer comentários, mas o cachorro, todavia, decidiu olhar por debaixo do cobertor.

"Mas, se isso for realmente um jogo ou 'turismo' de reptilianos ou de outros aliens, então por que eles nos trouxeram aqui?" Arthuria fez uma pergunta razoável.

E involuntariamente ela pensou: *"já estou falando sobre reptilianos e aliens com toda seriedade! O que houve comigo?"*

"Acidente?" Sugeriu Marilyn.

"Ou um experimento social?" adicionou Lancitel.

"Não sabemos..." suas amigas suspiraram pesadamente.

"Podemos resumir", disse Arthuria após alguma reflexão. "A situação não é a pior, mas também não é a melhor. Do lado positivo, temos o seguro padrão que deve nos proteger. Pelo menos na teoria, na prática é melhor não arriscar. E devemos retornar no mesmo momento em que desaparecemos. Portanto, em teoria, não devemos nos preocupar com parentes e amigos... Na prática, eu espero, também... Do lado negativo: em qualquer caso, estamos completamente sozinhas aqui, no mundo sem Internet, sem as comodidades usuais e sem habilidades básicas de sobrevivência. Encaremos: não podemos sobreviver na floresta e sabemos preparar apenas sanduíches e refeições de conveniência no micro-ondas! E sobre nossas habilidades de orientação no terreno, eu geralmente fico quieta..."

As garotas suspiraram profundamente. Normalmente, elas não apenas tinham aulas de sobrevivência na floresta na escola, mas também aulas de economia doméstica. Seus professores de economia doméstica do ensino médio sempre diziam:

"Todos devem ser capazes de costurar e cozinhar! Meninos e meninas! São habilidades básicas que podem ser úteis a qualquer momento! Lojas e outros frutos do progresso podem, de repente, tornar-se inacessíveis!"

"Como isso é possível?" perguntou Arthuria ceticamente um dia. "Aonde lojas e outros frutos do progresso podem de repente ir?"

"E se você for transportada ao passado ou a um outro mundo, como nas histórias de fantasia?" respondeu, então, o professor de economia doméstica.

Todos na sala riram, tomando suas palavras como uma piada. Arthuria, Marilyn e Lancitel também.

Até hoje, as três delas pensavam que se necessário, elas poderiam buscar por tudo na Internet, usar qualquer dica de lá, levar suas roupas a um ateliê caro para reparos e comer em uma cafeteria ou comprar produtos semifinalizados para micro-ondas. E agora elas estão em uma situação completamente diferente... Para ser mais preciso, tudo ocorreu exatamente como seu professor de economia doméstica um dia brincou: as garotas acabaram no passado e em um outro mundo...

...Enquanto isso, Arthuria, Lancitel e Marilyn continuaram a pensar alto.

"Bem, provavelmente devemos procurar algum trabalho", sugeriu Marilyn. "Mas receio que nossas educação e habilidades sejam inúteis neste mundo. Não conhecemos nenhum costume local, regras, leis ou peculiaridades da vida... Arthuria, você tem alguma ideia sobre isso? Você está estudando para ser professora de história!"

"Não, eu sei exatamente o mesmo que você", a garota balançou a cabeça. "Além disso, eu estudo história em termos gerais. Não me especializei em nenhuma era particular! Eu posso apenas lecionar na escola."

"Eu ainda estou surpresa que você decidiu se tornar uma professora de escola", Lancitel divagou do tópico de repente. "Você nunca teve o desejo de ensinar algo às crianças!"

"Bem, eu serei uma professora ruim", Arthuria agitou sua mão. "Eu lecionarei de acordo com o princípio: se o estudante souber sobre o que era a leitura, posso dar a nota mínima. Mas eu terei uma agenda flexível e tempo para meus hobbies! Eu posso continuar a praticar esgrima e música! E se meu salário não for o suficiente, eu ganharei dinheiro extra como tutora."

"Você é horrível de um jeito..." Suspirou Marilyn. "Embora eu também seja terrível: eu queria estudar matemática e mecânica, mas não consegui defender meu direito de estudar onde queria. E na insistência de meus pais, fui estudar teatro... E de fato, minhas habilidades neste mundo também são inúteis... Por outro lado, graças a eles, eu posso 'atuar' como mágica. E tentar criar simples maquinarias. Em teoria, eu sei isso e poderia finalmente tentar na prática! Mas preciso saber primeiro: em qual nível de desenvolvimento estão as maquinarias aqui?"

"Hmm, eu ainda tentarei me adequar ao ambiente local", pensou Arthuria. "Eu ensinei história em vão?"

"E eu posso ser uma vidente", disse Lancitel. De repente, ela se deu conta: "Oh! Parece que minhas habilidades são as mais úteis aqui! E eu posso desenhar um baralho de cartas de Tarot se conseguir os materiais! Acho que se eu desenhar um Tarot para mim, as previsões serão mais precisas! Afinal de contas, ele estará completamente carregado com minha energia!"

"Ainda sim, fica a questão: onde e como encontraremos um emprego?" suas amigas suspiraram profundamente ao mesmo tempo.

Houve uma pausa no lugar por um momento.

"Talvez devêssemos nos tornar cantoras itinerantes?" sugeriu Lancitel.

"Não é uma boa ideia", Arthuria balançou a cabeça. "Não sabemos o que é considerado decente neste mundo e o que é considerado indecente. Por uma performance ruim, podemos simplesmente ser executadas..." então ela se lembrou do seguro de usuário padrão do sistema do 'Multimídia Jornada Por Tempos e Singularidades'. E ela acrescentou: "Ah, não, não seremos executadas... Nós estamos seguras contra todos os tipos de violência dos locais... Eu me pergunto se será uma armadura de trapaça ou alguma outra coisa?"

Enquanto isso, Viviane escutou cuidadosamente as garotas, sem interrompê-las. E então, inesperadamente, ele sugeriu:

"Queridas senhoras, após escutar sua conversa, percebi que vocês são pessoas versatilmente hábeis. E eu pensei, por que vocês não tentam o Julgamento Real?"

"Julgamento Real?" Perguntou Arthuria com surpresa.

"Sim, o Julgamento Real", confirmou a bruxa da floresta. "Como lhes disse mais cedo, nosso Rei Uther não tem herdeiros diretos. Assim, ele anunciou o Julgamento Real, que irá começar hoje mesmo na cidade de Camelot."

"Mas você mesma não disse que os herdeiros mais prováveis ao trono são sua esposa Igraine e sua filha do Duque Gorlois, Morgause?" Marilyn ficou surpresa.

"Isso mesmo", acenou Viviane. "Provavelmente, uma delas se tornará a vencedora. Dessa forma, muitos não confiam em sua veracidade e acham que o Julgamento é apenas uma formalidade para transferir legalmente o poder à esposa ou sua filha. Se elas forem aprovadas no Julgamento, então ninguém será capaz de refutar seu poder no futuro."

"Mas então qual é o sentido de nós participarmos do Julgamento?" Lancitel fez uma pergunta plausível.

"Porque lá é o local de mostrar suas habilidades e fazer conexões úteis!" sorriu a mulher.

"Mas como estrangeiros podem fazer parte de tal evento?" Marilyn fez outra pergunta plausível.

"Sim, isso não é um problema! O Rei Uther disse que pessoas de locais distantes podem participar também! Este é outro motivo pelo qual muitas pessoas acham que o Julgamento Real é apenas uma formalidade!"

Arthuria, Marilyn e Lancitel se olharam. Elas entenderam que não tinham outras opções. No final, nesses dez anos que elas serão forçadas a passar neste mundo, elas precisarão morar em algum lugar, comer algo e assim por diante. É improvável que a armadura de trapaça (ou o que está incluso no seguro padrão?) as ajude a conseguir alimento.

"Senhora Viviane, por favor nos conte mais sobre tudo", disse Arthuria com firmeza.

"Então, senhoras, escutem..." respondeu a bruxa da floresta.

Parte 2: O Julgamento Real Começa!
Capítulo 3. Início do Julgamento Real

Terra, Singularidade 20-01, ano 5546 desde a Criação do Mundo de acordo com o calendário do Império Etrusco, Grã-Bretanha, cidade de Camelot

O Rei Arthur estava sentado em uma cadeira de madeira perto da janela em seu castelo na cidade de Camelot. E sua cabeça estava sobrecarregada com pensamentos sombrios.

Acontece que o destino não enviou filhos ao Rei. Tão triste quanto era para ele assumir, o motivo era claramente ele e não a Rainha Igraine. Pois Sua Majestade tinha uma filha, Morgause, nascida de seu primeiro casamento.

Quando a Senhora Igraine era viúva (seu marido, Duque Gorlois, havia morrido em batalha quinze anos mais cedo), a mulher estava de luto pelo período decorrido. Após o término, o Rei, que amou Igraine por um longo tempo, a pediu em casamento.

É claro que ela aceitou! Que mulher recusaria ser a Rainha de Camelot, uma das cidades mais prósperas da Grã-Bretanha daqueles tempos turbulentos? Além disso, sua filha, Morgause, também poderia viver na Corte! Embora o Rei não a adotasse como filha, a vida na Corte fornece a qualquer criança possibilidades úteis.

"Porém, naqueles dias, o amor havia me cegado e eu não enxerguei a verdade que estava diante de meu nariz..." suspirou Uther suavemente.

Infelizmente, a realidade era que a Senhora Igraine não era, de forma alguma, o que o Rei tinha imaginado...

"E logo após o casamento, ela na verdade subjugou metade da Corte..." Uther suspirou novamente. "E desde então, eu tenho tido uma confrontação contínua com ela..."

Às vezes, o Rei mentalmente se perguntava: como eu não notei isso antes? É verdade que as pessoas dizem que o amor é cruel e cega!

No início, Uther estava contente que sua esposa estava mostrando um interesse ativo em relações aos assuntos de estado. Na Singularidade 20-01, a história tomou um curso diferente e as mulheres tinham muitos direitos. Dessa forma, todos na Grã-Bretanha sabiam: uma rainha deve ser forte e capaz de governar o país, em caso do rei estiver em uma campanha militar. Uma rainha, se necessário, deveria se tornar regente de um herdeiro menor se um rei morresse prematuramente. E uma rainha pode herdar o poder se um rei não tiver herdeiros próprios.

Contudo, de acordo com Uther, Igraine estava longe da imagem de uma governante sábia. Para ele, parecia que ela pensava apenas em seu próprio bem-estar e benefícios, e não em cuidar do povo. O que acontecerá se ele morrer sem deixar um herdeiro e a Rainha subir ao poder?

"Sua Majestade!" Uther escutou a doce voz de sua esposa atrás dele. Ela frequentemente se aproximava em silêncio, pegando-o de surpresa.

O Rei se virou e viu sua esposa. Ela era uma bela ruiva muito mais jovem que ele. Parecia que em quinze anos de casamento, ela não havia mudado muito.

"Minha Rainha!" o Rei tentou sorrir de volta, olhando ceticamente o novo colar de sua esposa. Ela frequentemente gastava os fundos do tesouro nessas coisas. E frequentemente defendia a introdução de novos impostos e o aumento dos já existentes. Ela raramente perdoava seus súditos e apoiava fortemente o enrijecimento das punições para vários crimes. Entretanto, suas propostas não se estendiam somente aos comuns, mas também aos nobres. "Eu não te ouvi! Por quanto tempo você está aqui?"

"Ah, eu acabei de chegar! Hoje é o dia do Julgamento Real", disse ela. "E eu vim perguntar sobre o seu bem-estar."

"Oh, minha Rainha, minha saúde está extremamente boa hoje!" Respondeu Uther.

Recentemente, ele se sentiu mal: várias doenças crônicas pioraram e velhas feridas começaram a doer novamente. O Rei sentiu a aproximação da morte iminente. E ele entendeu: se não se preocupasse com a questão do herdeiro no futuro próximo, então a próxima governante após sua morte seria Igraine. E então tem a Morgause.

"Morgause... E como uma garota tão boa no passado se tornou tão ambiciosa e dura quanto sua mãe? Com elas, nosso Reino estará fadado ao fracasso! Eu devo conduzir o Julgamento Real! E escolher um herdeiro merecedor!" pensou ele.

"Sua Majestade, o que é o Julgamento Real afinal?" enquanto isso, perguntou Igraine. "Afinal de contas, ninguém conhece seus detalhes! Contudo, todas as pessoas o consideram apenas uma formalidade, o qual se tornará um motivo extra para o poder passar a mim."

"Não é uma formalidade", o Rei riu a si mesmo. *"Porém, se ela passar no Julgamento, terei que manter minha palavra real... Igraine se tornará a Rainha e nossa gloriosa Camelot estará fadada ao fracasso... Seu comportamento é complemente contrário às ideias de humanismo, as quais eu aprendi dos tratados dos filósofos do Império Etrusco!"*

Em voz alta, entretanto, ele disse:

"Minha querida Rainha! Eu sinceramente desejo felicidades ao meu Reino! É por isso que estou realizando o Julgamento! Mas as pessoas estão certas: você tem todas as chances de passar."

"E não são pequenas... Mas eu ainda espero pelo melhor..." acrescentou ele mentalmente.

"Você não quer que sua amada esposa se torne a herdeira do trono?" Igraine sorriu docemente, sentindo-se indignada.

"Velhote! Você não entende que eu sou a melhor candidata para governar Camelot, uma vez que não existem herdeiros diretos?" passou por sua cabeça. *"As pessoas precisam de uma Rainha forte, não de um tolo ingênuo que pega leve com todo mundo! Caso contrário, o Reino irá arruinar!"*

"Oh, minha Rainha! Eu apenas quero que tudo fique seguro em Camelot!" respondeu o Rei. "E como eu disse, você tem grandes chances de conseguir o trono."

"Infelizmente..." Pensou Uther novamente.

"Bem, eu espero que o Julgamento Real seja justo, assim como tudo o que você geralmente faz, Sua Majestade", disse a Rainha.

"Ele faz tudo errado!" pensou ela. *"Ele é muito brando! Nossos vassalos se tornaram tão relaxados que normalmente não pagam os impostos! Nosso tesouro está vazio! O crime na cidade está aumentando! E o Rei fica constantemente indignado quando defendo punições mais severas, e quando eu compro joias, entretanto, é um investimento! Nos momentos mais difíceis, eu as vendo... Mas Uther me considera 'inimiga' e pensa que eu serei uma má governante para Camelot! Sim, esta cidade está prosperando em comparação com o resto das terras da Grã-Bretanha, mas o que acontecerá se as coisas continuarem assim?"*

"Talvez seja a hora de irmos para o Julgamento Real", disse o Rei conforme lutava para levantar-se de sua cadeira.

Recentemente, ele tem tido dificuldades para andar e, então, inclina-se em uma bengala especial. Após andar alguns passos, Uther sentiu uma dor repentina em seu peito e fraqueza. A conscientização veio: ele, sinceramente, não tinha muito tempo...

"Mas antes disso, preciso fazer algo. Preciso escolher um candidato à altura para ser o novo governante de Camelot", passou por sua cabeça. *"Não importa quem será: um homem ou uma mulher, uma pessoa nobre ou um comum, jovem ou não, local ou estrangeiro... Afinal de contas, a história de algumas províncias do Império Etrusco mostra casos em que pessoas valiosas de lugares distantes tornaram-se governantes! E elas governaram com sucesso!*

Então Camelot deve ter um governante digno! Aquele que passar completamente pelo Julgamento Real! E então, a prosperidade da cidade continuará!"

Infelizmente, Uther não percebeu que Igraine estava completamente certa. A verdade era que os vassalos, de fato, 'relaxaram' e não pagavam os impostos normalmente. O tesouro real estava vazio e o crime estava aumentando, conforme as pessoas não temiam mais punições sérias. E comprar joias como uma forma de investimento é uma ótima forma de guardar dinheiro. Afinal de contas, elas sempre podem ser revendidas lucrativamente, por exemplo, aos joalheiros Etruscos. Pois todos sabiam que as mulheres Etruscas tinham grande afeição às joias. E os joalheiros, tendo 'arrumado' um pouco as joias, irão revendê-las ainda mais caro a alguma senhora rica.

Claro, às vezes Igraine agia de forma extremamente dura. Mas Uther era muito brando.

Talvez se o Rei não tivesse sido cegado pela beleza de Igraine, ele teria prestado mais atenção ao seu caráter. E Igraine, se não tivesse sido seduzida pelo status de Rainha, teria encontrado uma maneira de corretamente recusar Uther. E agora, esses dois não teriam experimentado um leve ódio um pelo outro.

Entretanto, se Uther tivesse casado com uma mulher mais suave, não é sabido o que teria acontecido com Camelot. Ainda sim, a influência de Igraine na Corte, assim como suas ações, beneficiaram muitas vezes o país.

Contudo, às vezes o destino leva as pessoas a caminhos completamente desconhecidos e impensáveis, para que no final elas cheguem a um melhor cenário para todos... Ou não é?

***

"Então, até onde eu entendo, neste mundo, no momento, o principal poder do mundo é o Império Etrusco", resumiu Arthuria após Viviane terminar de falar brevemente sobre tudo.

Elas andaram pela floresta em direção à Camelot. Arthuria, Marilyn e Lancitel levaram seus instrumentos musicais e mochilas por precaução. Porque, de acordo com Viviane, 'não é sabido o que pode ser útil no Julgamento Real'.

Ao longo do caminho, a bruxa da floresta contou às garotas sobre este mundo, sobre a Grã-Bretanha, sobre Camelot. Por algum motivo, ela falou sobre o Julgamento Real apenas em termos gerais, como: há quanto tempo ele foi anunciado, que todos podem participar e onde ele será realizado.

"Sim, mas recentemente o Império Etrusco tem sido fortemente enfraquecido pelos ataques dos bárbaros do norte", acenou Viviane.

"Woof!" disse afirmativamente Carbo, que decidiu acompanhar sua amiga humana.

"Algo similar aconteceu com o Império Romano em nosso mundo", respondeu Marilyn reflexivamente. "Ele foi o Império mais poderoso de seu tempo, mas gradualmente enfraqueceu e perdeu sua influência."

"Este mundo é de alguma forma similar ao nosso, mas diferente", acrescentou Lancitel. "E, se eu entendi corretamente, o Rei Uther estudou a filosofia dos filósofos Etruscos em sua juventude, certo? E ele absorveu as ideias de humanismo e igualdade. Mas a Rainha e muitos cortesãos não gostam disso. Porque os vassalos começaram a pagar os impostos de forma pior, o tesouro começou a esvaziar e o crime na cidade aumentou..." ao dizer isso, a garota percebeu uma coisa. E ela disse: "Espere, senhora Viviane, mas você mesma não disse mais cedo que essas são as terras mais prósperas da Grã-Bretanha?"

"Sim, isso mesmo", respondeu ela. "Há muito tempo, essas terras, por algum milagre, conseguiram prosperar. Mas o que acontecerá em seguida? Se alguém tão brando quanto Uther chegar ao poder, os vassalos se declararão independentes e o tesouro irá ser completamente esvaziado. Porém, se a Rainha ou alguém com o temperamento difícil como o dela chegar ao poder, então o descontentamento entre as pessoas não poderá ser evitado também... De fato, nossa prosperidade está literalmente na balança..."

"Senhora Viviane, você está dizendo coisas muito sensíveis", disse Arthuria de repente. "Pelo que eu entendi de suas palavras, neste mundo apenas metade das pessoas conseguem ler, e até menos — um terço da população consegue escrever. Em outras palavras, as coisas não estão indo bem com o nível de alfabetização. Isso me pareceu imediatamente estranho para mim: sua fala é bastante literária. Mesmo que isso seja a operação do sistema 'Multimídia Jornada', é improvável que ele seja tão habilidoso em corrigir a alfabetização da fala. Você também conhece bastante sobre o sistema do estado e entende esse tópico. Você não é apenas uma bruxa da floresta e uma vidente, é?"

Houve uma pausa.

"Sim, isso mesmo", Viviane finalmente acenou. "Eu não contei a ninguém sobre isso por essas partes, mas eu acredito que posso contar a vocês três: vocês são estrangeiras de um outro mundo! Eu sou uma vidente fugitiva de Roma, a província do Império Etrusco. Nossa família é bastante anciã, nós servimos os governantes da província por muito tempo. Contudo, há sete anos, uma de minhas previsões não agradou o governante local... Ele ficou furioso e estava prestes a me prender. Eu tive que fugir. Eu peguei meus pertences e meu amigo, Carbo, e então embarcamos em um navio mercante rumo à Grã-Bretanha. Eles não nos procurarão aqui! É muito longe de Roma!"

"Isso explica muita coisa", concordou Marilyn. "Também me pareceu estranho você falar tão bem para uma vidente da floresta desta era."

"Então, em seu mundo, em uma era similar, o nível de alfabetização entre as pessoas era o mesmo que o nosso?" perguntou Viviane.

"Woof?" Carbo pareceu perguntar a mesma coisa.

"Acho que sim", respondeu Arthuria. "Podemos chamar este período de "Idade das Trevas"."

"E em seu tempo, o qual vocês vivem, há muitas pessoas alfabetizadas? Ou, queridas senhoras, vocês são mesmo de família nobre?"

"Não, nós somos o que em seu era eram chamados de "comuns" ou "simples moradores da cidade"", respondeu Arthuria. "O padrão de vida em muitos países cresceu tremendamente e a educação básica se tornou obrigatória a todos. Pelo menos todos devem terminar a escola. A educação nas escolas, em sua maioria, é gratuita. Em nosso país, a educação é completamente gratuita no ensino primário, fundamental e médio. Contudo, conforme escutei, em alguns países o ensino médio é pago. A educação completa geralmente dura dez, onze ou doze anos. E então você pode se aprofundar nos estudos, em uma especialidade particular."

"Parece interessante!" Viviane ficou claramente encantada ao escutar isso. "Talvez seu mundo e sua era sejam um lugar maravilhoso!"

"Woof!" Carbo abanou seu rabo. Pareceu que o cachorro entendeu cada palavra.

"De maneira alguma... Em alguns países, as crianças ainda não têm acesso à escola..." Arthuria pensou tristemente, não ousando falar alto e chatear a vidente. *"Acontece que eu e minhas amigas tivemos sorte de nascer em um país relativamente próspero..."*

Lancitel não foi tão misericordiosa com os sentimentos de Viviane e disse:

"Nosso mundo e nossa era podem parecer prósperos à primeira vista, mas este não é o caso em todos os lugares. Em alguns países, por vários motivos, as crianças não podem ir à escola para aprenderem pelo menos a ler e escrever. O mundo continua a ser solapado por guerras e o problema da fome é agudo em várias regiões. Simplesmente, as três de nós tiveram sorte de nascer em um país relativamente próspero. Assim, tivemos a oportunidade de terminar a escola e de nos aprofundar nos estudos. E de ir ao festival de música."

"E acabarmos aqui, apesar de ser algo fora do normal", finalizou Marilyn.

Ela sabia que Lancitel nem sempre pensava sobre reptilianos e Mercúrio retrógrado e entendia a situação do mundo muito melhor do que poderia parecer à primeira vista. E da percepção de que há muita dor e sofrimento no mundo, ela se tornou triste. Arthuria viveu sentimentos similares.

Então, para se distraírem desses pensamentos tristes, Marilyn perguntou:

"Mas ainda, senhora Viviane, não ouvimos a coisa mais importante: o que é Julgamento Real? Você apenas nos contou em termos gerais."

"Ah, ninguém sabe ainda!" respondeu ela. "É apenas sabido que ocorrerá na principal praça da cidade! O Rei anunciará os detalhes no local! A propósito, aqui está Camelot! Olhem, ela apareceu à distância!"

"Woof!" Carbo confirmou.

No momento em que ela disse isso, as garotou sentiram um cheiro estranho que foi trazido pelo vento. E aquele cheiro era...

"Excremento?" elas exclamaram com uma voz.

De fato, a cidade cheirava forte aos principais frutos da vida, de pessoas e animais.

"Ah, sim..." Arthuria suspirou com um olhar de condenação. "Eu me lembro que nas aulas de história, os professores nos diziam que durante a Idade Média e das Trevas, a higiene não era muito boa... Nas cidades, muitas vezes não havia fornecimento de água e sistemas de esgoto. No melhor das hipóteses, o esgoto era jogado em fossas e às vezes nas ruas... Assim, o cheiro não era muito bom..."

"Assim mesmo!" disseram Lancitel e Marilyn reflexivas.

"Do que vocês estão falando, senhoras?" Viviane ficou surpresa. "A cidade de Camelot foi um forte Etrusco no passado! Ela foi construída há trezentos anos, durante a tentativa dos Etruscos de colonizar o território da Grã-Bretanha! Entretanto, há cem anos, o Império Etrusco abandonou essa empreitada e recuaram. Devido à distância das principais possessões e da constante resistência dos residentes locais, é inconveniente governar as terras da Grã-Bretanha. Dessa forma, há cem anos, o Império Etrusco deixou essas terras, abandonando suas fortalezas e vilas. Claro, as fortalezas e vilas bem construídas não ficaram vazias por muito tempo — elas foram ocupadas pelos governantes locais! A cidade de Camelot cresceu da mesma maneira — os gloriosos ancestrais do Rei Uther vieram ao forte Etrusco abandonado. O forte foi restabelecido, a cidade cresceu a sua volta e ficou conhecida como Camelot! Assim, existem fornecimento de água e sistema de esgoto na cidade! Depois de tudo, todas as cidades e estabelecimentos dos Etruscos têm fornecimento de água e esgoto canalizado! E os habitantes da Grã-Bretanha também aprenderam como construí-los! E todos os excrementos são colocados em fossas e então enviados para fertilizar os campos! Caso contrário, epidemias advindas de sujeira não poderiam ser evitadas! Todos sabem disso!"

As garotas se olharam espantadas. Mas uma coisa as tranquilizou: pelo menos as pessoas na Singularidade 20-01 sabiam sobre a importância da higiene e que todos os tipos de epidemias podem surgir a partir da sujeira.

"O que é esse cheiro insuportável então?" perguntou Arthuria.

"Que cheiro? Para ser honesta, eu não entendo muito sobre o que vocês estão falando!" Viviane ficou surpresa.

"Woof!" Carbo a apoiou.

"Provavelmente ela está acostumada, por isso não sente o cheiro..." Arthuria, Lancitel e Marilyn pensaram igual.

Elas adivinharam — é exatamente isso o que aconteceu.

"Senhora Viviane, você não consegue cheirar?" Marilyn perguntou mesmo assim.

"Hmm, de fato, há alguns... Ah, eu entendo — em seu mundo e tempo, provavelmente não existe essa coisa!" supôs a vidente. "É o cheiro dos campos ao redor da cidade! Todas as terras próximas, assim como as terras além, pertencem ao Reino de Camelot! Ah, a propósito, eu não me lembro se disse ou não? O

Reino de Camelot recebeu o nome da cidade de Camelot! Então esta cidade é nossa capital!"

"Sim, você disse!" acenaram as garotas.

E a verdade é que Viviane já conseguiu dizer isso. Porém, Marilyn, Lancitel e Arthuria perceberam que a vidente é bastante emotiva e um tanto esquecida. Assim, às vezes ela esquece o que já disse antes.

"Mesmo assim, o cheiro é muito forte... ele realmente vem dos campos?" Perguntou-se Arthuria mentalmente. *"Será que irá melhorar na cidade? É improvável... Se ela tem fossas e é cercada por esses campos, então por que o cheiro seria melhor lá?"*

Seu palpite estava correto. Enquanto isso, elas se aproximavam mais e mais da cidade. Ao longo do caminho, elas conheceram várias pessoas entre os residentes locais. Eles olhavam com admiração Arthuria, Marilyn e Lancitel, suas roupas 'estranhas' e as caixas com instrumentos musicais 'incomuns'. E não ousando se aproximar e perguntar diretamente, as pessoas sussurravam:

"Elas são de longe? Viajantes de terras distantes?"

"Senhoras nobres chegaram para o Julgamento Real? Mas onde está seu cortejo?"

"Talvez elas sejam do Povo das Fadas? Elas são tão altas!"

Realmente, as garotas rapidamente perceberam que suas alturas eram maiores do que a altura média dos residentes locais.

"Os professores nos disseram nas aulas de história que nos tempos antigos a altura média das pessoas era menor", pensou Arthuria. "De acordo com uma das versões, a razão para isso

repousa no fato de que os alimentos naquela época eram mais escassos e menos variados. E as pessoas não recebiam tantas vitaminas como nos tempos modernos..."

Mas quando ela escutou sobre o Povo das Fadas, ela ficou surpresa. Até agora, o Povo das Fadas eram personagens do folclore Europeu ancião! Um dos nomes para elfos ou fadas!

"Provavelmente, para os locais, nós realmente parecemos muito incomuns", suspirou Arthuria mentalmente.

Ela não gostava de chamar muito a atenção na vida normal. A atenção do público enquanto seu grupo musical toca no palco é outra coisa! Mas no resto do tempo, isso a deixava desconfortável.

"Queridas senhoras, creio que vocês podem facilmente encontrar contatos úteis no Julgamento Real", disse Viviane. "Garotas bonitas e bem-educadas como vocês podem tentar entrar no serviço de alguma senhora nobre! Afinal de contas, todos sabem que senhoras nobres sempre estão tentando recrutar jovens garotas dignas para seus cortejos!"

"Bem-educadas? Nós parecemos ser as mais comuns..." Marilyn ficou surpresa.

"Nos tempos antigos, devido à inacessibilidade à educação, o conceito de boas maneiras era diferente", supôs Arthuria.

Ela percebeu que neste mundo e tempo, mesmo com suas maneiras, elas poderiam se passar facilmente por jovens garotas bem-educadas. E suas aparências comuns serão consideradas bem atrativas aqui. Infelizmente, nos tempos antigos, devido à má nutrição, falta de vitaminas, trabalho exaustivo e inexistência da medicina normal, muitas pessoas não estavam em sua melhor aparência. Nem é preciso falar sobre cosméticos... Dessa forma, mulheres nobres que podiam pagar para ter alimentos mais variados, cuidar de si mesmas, ter acesso a pelo menos algum tipo de medicina e que não realizavam trabalhos exaustivos, pareciam muito melhor do que camponesas comuns e até mesmo moradoras da cidade. E às vezes elas até eram conhecidas como beldades pelos mesmos motivos banais...

"A propósito, senhora de um outro mundo, eu estava curiosa sobre uma coisa... Se não é um segredo, você carrega grandes alaúdes com você nessas caixas, não carrega?" perguntou Viviane, olhando com interesse as caixas com guitarras elétricas nas mãos de Arthuria e Marilyn.

"São guitarras elétricas", explicou Marilyn. "Mas você está certa – são instrumentos musicais. E elas, de fato, são de alguma forma similares a alaúdes."

"Então você também aprendeu música? Você definitivamente irá encontrar uma patrona rica!" Viviane se admirou. "Senhoras ricas amam ter garotas que aprenderam a tocar instrumentos musicais em suas comitivas!"

E mentalmente ela notou: *"Seu mundo e seu tempo são tão incríveis!"*

"Nós tínhamos um grupo musical", Lancitel sorriu. "E eu sou a vocalista!"

"Você sabe cantar!" Viviane se admirou novamente. "E parece, senhora Lancitel, que você disse que era boa com adivinhações!"

"Sim, eu posso ler cartas de Tarot, sei astrologia e faço horóscopos!"

"Ah sim, astrologia e horóscopos! Eu também aprendi quando morava em Roma!"

Enquanto Lancitel e Viviane estavam discutindo entusiasticamente diferentes métodos de adivinhação, todo o grupo se aproximou de Camelot.

"Pelo menos o cheiro não ficou ainda pior", pensaram Arthuria e Marilyn, olhando o entorno com interesse.

A cidade as recebeu com altos muros de pedra. Externamente, eles se pareciam com muralhas de cidades comuns, característica das construções da Grã-Bretanha durante a Idade das Trevas. Internamente, as garotas viram casas surpreendentemente pitorescas construídas de pedra ou madeira de diferentes estilos.

Havia simples casas 'minimalistas' e uma construção em que os construtores tentaram representar colunas e até mesmo coberturas esféricas.

As ruas eram surpreendentemente pavimentadas. Estradas feitas neste estilo poderiam muito bem ser Romanas, mas na Singularidade 20-01, o desenvolvimento da história tomou um caminho diferente. E um dos principais papéis no mundo era agora desempenhado pelo Império Etrusco. Entretanto, as similaridades com o Império Romano do mundo passado de Arthuria, Marilyn e

Lancitel não eram surpreendentes. Ainda sim, em seu mundo, Roma uma vez vivenciou uma grande influência dos Etruscos. E neste mundo, na Singularidade 20-01, Roma era uma das províncias do Império Etrusco, o que também tornou possível a troca cultural.

E, muito para a surpresa de Arthuria, as ruas eram relativamente limpas. *"Hmm, provavelmente é verdade que a higiene não é tão ruim neste mundo quanto era em nosso mundo durante a Idade das Trevas"*, pensou ela. E de repente ela percebeu uma coisa: *"Hmm, talvez em nosso mundo, as coisas com higiene durante este período não eram tão ruins quanto pensamos? E as histórias sobre alguns casos chocantes, como o derramamento de sujeira e excremento nas ruas, sobreviveram até hoje? Mesmo que a maioria das pessoas não fizesse isso? Contudo, certamente não saberemos a verdade. Bem, a não ser que alguém de nosso mundo tenha a oportunidade de viajar no tempo!"*

Ela estava pensando, mas ao mesmo tempo não estava completamente perdida em seus pensamentos. E ela viu pessoas cochichando ao redor, olhando para ela e suas amigas. Além disso, muitos estavam interessados no porquê a bruxa da floresta estava andando com elas.

"Por que Viviane está com essas garotas inusitadas?" alguém disse.

"Elas também vieram ao Julgamento Real?"

"Sim, estrangeiros são admitidos no Julgamento Real!" responderam.

"Mas por que a bruxa da floresta está com elas? Ela fez algum tipo de previsão?"

Porém, algo além chamou a atenção de todos...

"Olhem! São pessoas do Império Etrusco!" as pessoas ficaram imediatamente preocupadas.

"Elas também ouviram sobre o Julgamento Real?"

"A Grã-Bretanha acabou de se livrar de sua influência! Elas realmente querem tomar o poder de nossas terras novamente?"

"Elas parecem ter intenções pacíficas... Veja, suas espadas estão cobertas e suas pontas de lanças estão inclinadas para baixo!

"Se elas passarem no Julgamento, o Rei Uther terá que manter sua palavra real e entregar o poder a elas!

"Não se preocupe, muitos dizem que o Julgamento é apenas uma formalidade para entregar o poder à Rainha Igraine e, assim, evitar qualquer descontentamento!"

"Exatamente! Os Etruscos, provavelmente, chegaram apenas com o propósito de negociações comerciais!"

Arthuria, Marilyn, Lancitel e Viviane olharam para trás e viram a delegação solene. O líder era um belo jovem com cabelos negros, vestido com uma túnica de estilo antigo e armadura e cavalgando um cavalo branco. Sua vestimenta era definitivamente remanescente da túnica e armadura da Roma anciã, mas ao mesmo tempo era diferente: o estilo de cortina, detalhes, padrões. Uma pequena espada pendia de seu cinto.

O jovem rapaz estava cercado por guerreiros armados com armaduras levemente mais modestas, armados com lanças (assim como um dos moradores da cidade havia previamente notado, as pontas estavam direcionadas para baixo). Eles montavam cavalos e pareciam bastante sérios.

"Eles realmente são Etruscos?" Marilyn perguntou à Viviane.

"Sim, sem dúvidas", respondeu ela. Ela parecia incomodada: de fato, ninguém em Camelot esperava sua aparência. "Aparentemente, eles navegaram até aqui em barcos. Afinal, relativamente próximo à Camelot, há um porto aonde muitos navios mercantes chegam."

"Então, os Etruscos pareceriam assim se sua civilização tivesse sobrevivido até a Idade das Trevas!" Arthuria não resistiu em comentar. Ainda sim, embora ela se tornaria uma professora de história principalmente devido à agenda flexível, ela tentou estudar. E agora ela estava interessada.

"Então, entre os Etruscos, as mulheres ocupam uma alta posição na sociedade?" Lancitel perguntou de repente. Ao mesmo tempo, ela olhou o jovem rapaz montado no cavalo.

"Sim, claro", Viviane se surpreendeu com sua pergunta. "Houve algumas restrições no passado, mas as coisas não são mais assim por bastante tempo... As mulheres podem até servir ao exército, em tropas protegendo cidades. Embora apenas homens sejam mandados para lutar em guerras de conquista. Mas por que você perguntou?"

"Afinal de contas, sua líder é uma bela amazona!" por sua vez, Lancitel ficou surpresa.

E então Marilyn, Arthuria e Viviane perceberam que estavam um pouco enganadas...

"Entendo, então é uma garota..." pensou a vidente. "Que estranho... Recentemente, eu estava lendo runas e elas me disseram que em breve viajantes de longe chegariam aqui e trariam prosperidade a essas terras..."

"Provavelmente, você pensou que éramos nós" percebeu Lancitel. "Mas quando você viu os Etruscos chegando aqui, você foi tomada por dúvidas."

"De fato, você está certa", concordou Viviane.

"A sua previsão mostrou uma ameaça?"

"Não."

"Então está tudo bem!"

"Realmente, eu não preciso me preocupar..."

Marilyn e Arthuria olharam-se ceticamente: elas não acreditavam em adivinhação. Embora elas já tivessem entendido que Lancitel encontrou uma alma gêmea neste mundo.

A procissão dos Etruscos passou pelas garotas e pela vidente que as acompanhava. Os Etruscos olharam para as garotas com grande admiração. É compreensível: eles também nunca viram roupas tão incomuns.

Contudo, os Etruscos imediatamente tentaram esconder sua admiração, aparentemente concluindo que as garotas pertenciam à nobreza de uma outra cidade do reino da Grã-Bretanha. Convidados do outro lado do oceano não queriam passar por ignorantes de forma alguma.

Enquanto isso, os Etruscos seguiram em frente, deixando Arthuria, Lancitel, Marilyn, Viviane e os outros habitantes da cidade de Camelot por imaginar.

As garotas e a vidente olharam-se e seguiram para a principal praça da cidade. Afinal de contas, o Julgamento Real seria realizado lá.

E a hora estava se aproximando rapidamente. Pois, como disse Viviane, neste mundo, na Singularidade 20-01, havia relógios. Sim, isso mesmo, relógios! Aqui, assim como no mundo natal de Arthuria, Lancitel e Marilyn, o dia era dividido em 24 horas. Claro, não existiam relógios mecânicos, mas relógios de água eram amplamente usados.

"Contudo, por que eu estou surpresa?" Pensou Arthuria. *"Em nosso mundo, também, no antigo Egito, o dia era dividido em dois períodos de 12 horas. As pessoas usavam grandes obeliscos para acompanhar o sol! E de acordo com uma versão, foi no antigo Egito que o relógio de água foi inventado! E em algum lugar, eu ouvi que também o usavam na Antiga Mesopotâmia, na Antiga China e na Antiga Pérsia... Afinal de contas, é extremamente inconveniente viver sem acompanhar o tempo! Talvez este mundo não seja tão antigo e retrógrado quanto pareceu para mim à primeira vista?"*

A garota riu de seus pensamentos e não escapou dos olhares de suas amigas.

"Você pensou em algo bom?" Perguntou Lancitel.

"Não, não pensei", Arthuria balançou sua cabeça negativamente. "Mas acabei de refletir que talvez este mundo seja um pouco mais confortável do que pensei à primeira vista."

"Ah, também pensei isso!" apoiou Lancitel.

"E eu!" Concordou Marilyn. "Então vamos encontrar uma boa patrona para servir durante os dez anos que temos que passar neste mundo!"

"Se vocês encontrarem uma patrona, também me beneficiarei!" Acenou Viviane alegremente. "Afinal de contas, em agradecimento pelo fato de eu a ter introduzido amáveis jovens garotas capazes de tocar instrumentos musicais, ela irá generosamente me recompensar!"

"Agora está claro por que ela nos ajudou..." pensaram as garotas. E de repente elas perceberam uma coisa:

"A propósito, que tipo de música é considerado decente neste mundo e qual não é?" perguntaram elas com uma voz.

"Ah, não se preocupem!" Viviane respondeu. "Todas as pessoas educadas em Camelot, incluindo as senhoras nobres, entendem que pessoas de lugares distantes têm sua própria cultura! Vocês podem discutir tudo isso com suas patronas quando as encontrarem!"

Encorajadas por suas palavras, Arthuria, Marilyn e Lancitel a seguiram para a principal praça da cidade. Elas ainda não sabiam o que as esperava à frente. E elas ainda não sabiam o quão erradas estavam de diferentes formas...

Capítulo 4. O Julgamento Real

Terra, Singularidade 20-01, ano 5546 desde a Criação do Mundo de acordo com o calendário do Império Etrusco, Grã-Bretanha, cidade de Camelot

"Então, querido povo de Camelot, todos os Britânicos e viajantes de terras distantes!" gritou o Rei Uther, de pé em uma plataforma no meio da principal praça. Ele estava cercado por guardas reais. "Como todos vocês sabem, para meu maior pesar, as divindades e o destino não me enviaram um herdeiro! E eu estou na idade que é necessário resolver uma questão tão importante quanto a transferência do trono! É claro, de acordo com as tradições de nossa terra, se um rei não tem filhos, sua esposa, isto é, a legítima rainha, pode herdar o trono!"

A Rainha Igraine, juntamente com sua filha Morgause, permaneceu ao lado cercada por sua comitiva e guardas, apenas trocando olhares céticos. É claro que elas sabiam desta lei. Porém, ambas duvidaram que o Rei de decidiu realizar o Julgamento Real para que a Rainha ganhasse benefícios extras. Ao mesmo tempo, elas entenderam que se Igraine se comportasse com dignidade durante o Julgamento, o Rei transferiria o trono a ela, caso contrário ele quebraria sua palavra real. Assim, ele não apenas perderia a confiança, mas também iria desonrar seus ancestrais.

Entretanto, Igraine percebeu que uma vez que não sabia nada a respeito do Julgamento vindouro, ela não tinha vantagens sobre os outros participantes.

"E de fato, qualquer um poderia herdar o trono..." pensou ela desoladamente, olhando cuidadosamente aqueles que desejavam participar do Julgamento. Elas se juntaram em uma plataforma separada e especialmente cercada, escoltados pelos servos do castelo, de acordo com as ordens do Rei. A Rainha, juntamente com sua filha Morgause, permaneceu cercada pela comitiva e guardas um pouco ao lado, embora elas também fossem participantes. *"Uther é apenas um velho tolo! E se os Etruscos que chegaram aqui herdarem o trono? Eles vão participar ou não? Eles estão próximos aos potenciais participantes, mas ao mesmo tempo, eles poderiam ficar lá por ignorância... E se alguém da classe mercantil herdar o trono? E também há lordes e senhoras de outros reinos da Grã-Bretanha! E quem são essas garotas estranhas com a bruxa da floresta Viviane? Que reino tem essa moda maravilhosa?"*

Pareceria estranho: como a Rainha conhece a bruxa da floresta? Igraine, anonimamente, a visitou várias vezes. Ela perguntou: ela conseguirá o que quer? Afinal de contas, a Rainha não podia perguntar diretamente: ela se tornará a única governante ou não? Então ela teve que usar uma formulação mais vaga: ela conseguirá o que quer? Então Viviane fez uma adivinhação nas runas e respondeu: *"tudo depende de você, querida senhora. Mas eu definitivamente demorarei mais do que você originalmente presumiu."*

Morgause, uma garota de 20 anos de idade com cabelos negros que parecia muito com seu falecido pai Duque Gorlois, compartilhava completamente as opiniões e emoções de sua mãe. E ela pensou: *"Aconteça o que acontecer neste Julgamento, minha mãe ou eu devemos ganhar! O Rei realmente quer que o trono vá para estrangeiros? Isso é uma loucura! Embora seja improvável, os Etruscos chegaram aqui justamente por esse motivo! Provavelmente é apenas uma coincidência... Eles não poderiam saber sobre isso. Apenas porque a viagem do Império Etrusco à Grã-Bretanha dura pelo menos uma semana em um navio comum. E isso desde que você mantenha o caminho do porto nas possessões Gaulesas. Mas nem todas as terras Gaulesas pertencem ao Império Etrusco, somente as partes inferiores... E as notícias do porto ainda têm que chegar à nobreza!"*

De fato, os Gauleses resistiram tão fortemente aos Etruscos que eles não puderam ser subjugados. No mundo de Arthuria, Marilyn e Lancitel, o Império Romana tentou subjugar as terras Gaulesas. E as tribos Gaulesas habitaram os territórios da França, Bélgica, partes da Suíça, Alemanha e o norte da Itália. E a Singularidade 20-01 era de muitas maneiras similar ao mundo natal das garotas.

Enquanto isso, Morgause perguntou discretamente a sua mãe, Igraine:

"O que você acha, mãe, os Etruscos vieram aqui por acidente? Apenas por coincidência, 'chegaram a tempo'?"

"Acho que sim", acenou Igraine. "O Rei anunciou o Julgamento há apenas dez dias. E ele enviou mensageiros por toda a Grã-Bretanha. Contudo, eu tenho um mal pressentimento sobre esses Etruscos... Mesmo que eles não soubessem do Julgamento, eles não viriam aqui por nenhuma razão!"

A Rainha ainda não sabia o quão proféticas suas palavras eram...

E o Rei, neste tempo, continuou a falar:

"Querido povo de Camelot, todos os Britânicos e viajantes de terras distantes! E anunciei o Julgamento há apenas dez dias, mas como eu vejo, muitas pessoas atraentes vieram participar! Eu vejo gloriosos lordes e senhoras de distantes terras da Grã-Bretanha! E estou contente que foram capazes de chegar aqui tão rapidamente!"

De fato, a maioria dos lordes e senhoras nobres de distantes terras da Grã-Bretanha simplesmente não conseguiriam chegar fisicamente aqui tão rápido. E apenas chegaram à Camelot aqueles que, por acaso, estavam relativamente próximos por um motivo ou outro.

É claro, o Rei sabia bem disso. Foi por isso que ele anunciou o Julgamento com apenas dez dias de antecedência: para limitar o número de forasteiros. Porém, é claro, ele entendeu que alguém de outras terras certamente viria participar.

A propósito, ninguém entendeu esse plano do Rei, nem mesmo Igraine e Morgause.

"Vocês todos estão se perguntando no que consistirá o Julgamento?" Uther continuou a falar. Todos aqueles reunidos na praça o escutaram atenciosamente, ninguém nem mesmo sussurrou. "Eu pensei nisso há muito tempo! E direi algo agora mesmo: é possível que o Julgamento leve vários dias!"

Todos na praça olharam-se com surpresa. Será um torneiro de cavaleiros? Onde, estão, estão as arquibancadas dos espectadores e a arena? Se não for um torneio, o que mais poderia levar dias?

Uther calmamente continuou:

"O Julgamento consistirá em três partes! Para começar, todos os que quiserem participar irão se apresentar e contar sobre você e, se possível, demonstrar seus talentos! E então discutiremos! E eu farei perguntas, como você agiria nesta ou naquela situação, se se tornasse o governante de Camelot! E ao final do Julgamento haverá uma tentativa de remover a espada Caliburn da pedra!

O Rei apontou levemente para longe da plataforma da qual estava. Arthuria, Marilyn e Lancitel viram uma enorme pedra de longe, mas não prestaram atenção. *"É apenas uma pedra! Isso é tudo!"* decidiram elas. Mas agora, olhando atentamente, as garotas notaram que um punho de espada coberto de musgo estava destacado em sua superfície.

"Sua Majestade! É impossível! exclamou Igraine. "Caliburn foi afundada na pedra pelo seu irmão Ambrosius Aurelianus! Ele fez isso antes de deixar Camelot, abrindo mão do trono a seu favor! O Lorde Aurelianus disse que se o país enfrentar a dificuldade de escolher um governante, então o futuro rei ou rainha será capaz de obter a espada! Muitos o tentaram para desafiar sua candidatura ao trono! Mas ninguém conseguiu!"

Arthuria, Marilyn e Lancitel olharam-se expressivamente: o que estava acontecendo começou a se parecer à história usual sobre o Rei Arthur. Afinal de contas, como é sabido, ele também removeu a espada Caliburn da pedra!

"Se meu irmão afundou a espada na pedra, então é possível removê-la da pedra, minha Rainha" respondeu Uther. "Porém, se ainda ninguém conseguir tirar a espada da pedra, eu apontarei um sucessor baseado nas duas primeiras partes do Julgamento Real. Além disso, se eu não gostar de como o candidato passou nas duas primeiras partes do Julgamento, essa pessoa não se tornará o governante mesmo que se conseguir retirar a espada! Eu, o Rei de Camelot, Uther Pendragon, declaro isso em frente a todas as testemunhas que se reuniram nesta praça! Se eu achar difícil escolher, nós realizaremos um encontro de pessoas e escolheremos a pessoa mais adequada entre todos os candidatos! Assim, somente uma pessoa verdadeiramente digna herdará o trono!"

Igraine e Morgause congelaram no lugar. Elas estavam repletas de emoções conflituosas. A Rainha sabia que as pessoas comuns particularmente não gostavam dela devido a sua dura posição. Morgause também não era querida. Ao mesmo tempo, o povo de Camelot conheceu Igraine e Morgause por anos e, consequentemente, sabia o que esperar delas.

"Se a decisão for tomada no encontro de pessoas, existe uma chance de que eu ou minha filha ganhemos o poder", imaginou a Rainha. *"É improvável que as pessoas queiram ver um lorde ou senhora de outras terras no trono! E elas certamente não desejam ser governadas por este jovem rapaz dos Etruscos!"*

Igraine olhou os estrangeiros cuidadosamente. Ela não entendeu que a líder dos Etruscos era na verdade a garota. Contudo, isso não mudaria a essência da questão.

Os Etruscos mantiveram-se externamente calmos.

"Senhora Minerva, você tem certeza de que foi uma boa ideia chegar à Camelot não anunciada com essa comitiva tão modesta?" perguntou um dos guerreiros Etruscos a sua Senhora.

"Estamos aqui com intenções de paz", respondeu a garota com o nome de Minerva. "E o fato de o Julgamento Real estar ocorrendo agora talvez seja um sinal favorável. Assim como as divindades dos Etruscos, o rei do trovão Tin e a deusa do coração Uni, estão do nosso lado! E a deusa da sabedoria, Minerva, de quem fui nomeada, também nos protege! E sobre o anúncio, em nosso caso, podemos chegar sem. Afinal de contas, somos mensageiros."

Em mais detalhes, os Etruscos preferiram não discutir nada. Havia muitos curiosos em volta!

E o Rei Uther, enquanto isso, proclamou:

"Qualquer um que duvidar de suas habilidades pode recusar o Julgamento Real antecipadamente! A recusa a tempo também é uma manifestação de coragem! Ninguém irá te julgar! Pois todos entendem que aquele que passar no Julgamento Real terá uma enorme responsabilidade!"

Por um momento, todos os candidatos que se reuniram ao redor da plataforma especialmente cercada para eles, congelaram. Depois disso, cerca de um terço dos participantes deixou suas posições. De fato, ninguém os condenou. Todos entenderam que o destino do Reino e de todos seus habitantes dependia do resultado do Julgamento.

Arthuria, Marilyn e Lancitel também hesitaram.

"Senhora Viviane, talvez devêssemos ir embora também?" perguntou Arthuria. "Nós apenas queríamos encontrar uma patrona..."

"Para ser honesta, eu também não esperava que o Julgamento Real fosse assim..." suspirou a vidente. "Mas mostrar suas habilidades não te ajudaria a encontrar uma patrona?"

"Sim, é verdade! Afinal de contas, aqui é onde podemos tocar nossa música e cantar!" Lancitel alegrou-se.

"Apenas antecipadamente, nós informaremos ao público que viemos de longe, caso contrário, não saberemos que tipo de música é considerado decente nessas partes. E que não queremos ofender ninguém com nossa criatividade", acrescentou Marilyn.

Isso é o que elas decidiram.

"Se todos os que tinham dúvidas se foram, então que comece o Julgamento Real!" Uther anunciou em voz alta.

Ele tocou seu pessoal três vezes na plataforma em que estava. Isso não apenas significava o início do Julgamento, mas também uma ordem aos servos: eles imediatamente trouxeram uma cadeira para o Rei na plataforma. Ele, tentando manter uma feição séria, sentou nela. Mas ainda estava claro que não era fácil para ele. Não era segredo para ninguém que ele estava velho e fraco.

É claro, formalmente, era proibido discutir essas coisas. Os servos do castelo eram estritamente ordenados a permanecerem calados. Mas alguns rumores ainda iam além do castelo. Contudo, mesmo sem os rumores, todos sabiam que, dada a idade de Uther, ele tinha pouco tempo...

"Então, quem será o primeiro a começar o Julgamento Real?" perguntou Uther.

Como esperado, a Rainha Igraine deu um passo à frente primeiro. Mais precisamente, como dizer 'deu um passo'? Antes disso, ela ficou com sua filha, Morgause, um pouco afastada do resto dos participantes, e a uma distância do Rei, cercada por sua comitiva e guardas. A Rainha e sua filha não podiam simplesmente ficar desacompanhadas na cidade. Dessa forma, mesmo agora, Igraine se aproximou da plataforma na qual o Rei estava sentado, acompanhada de vários guardas (o resto permaneceu próximo à Morgause).

Isso não surpreendeu ninguém — essas são as regras bem conhecidas de etiqueta. Caso contrário, todos ficariam surpresos se a esposa do Rei estivesse sozinha.

"Povo de Camelot!"proclamou a Rainha, direcionando-se a todos que estavam na praça. "Todos vocês me conhecem, eu fui sua Rainha por muitos anos! Além disso, eu conheço as necessidades do povo de nosso Reino! Essas terras precisam de uma mão firme para suprimir qualquer tumulto, proteger e manter a ordem!..."

Igraine continuou a dizer várias coisas inspiradoras por bastante tempo. *"Parece uma mistura de políticos modernos e governantes de histórias de fantasia..."* Pensaram Arthuria, Marilyn e Lancitel.

Quando a Rainha terminou sua apresentação formal (embora na verdade ela não precisasse disso), Uther começou a questioná-la sobre governar o Reino.

De acordo com Arthuria, Lancitel e Marilyn, as respostas de Igraine eram razoáveis, segundo os cânones da era atual, embora às vezes ela fosse desnecessariamente rigorosa.

"Porém, escutando-a, eu entendo que ela está abertamente insinuando que tudo não está bem no Reino. Viviane também falou sobre isso mais cedo" percebeu Arthuria. *"Igraine educadamente deixa claro que os vassalos relaxaram e não pagam os impostos, o tesouro está esvaziando, a criminalidade na cidade está crescendo... Ela também considera comprar joias um bom investimento, pois elas podem ser vendidas se necessário... Igraine pode parecer severa, mas parece que ela realmente se preocupa com Camelot, com todas as terras do Reino e seus habitantes!"*

Pela reação das pessoas reunidas na praça, também ficou claro que elas não estavam animadas com a Rainha, mas estavam preparadas para aceitá-la como governante. Afinal de contas, as pessoas a conheciam por muitos anos e, consequentemente, sabiam quais ações podiam esperar dela.

Era difícil dizer o que Uther pensava de sua esposa. Ele, como governante, sabia bem como esconder suas emoções. Mas Arthuria, Lancitel e Marilyn tinham a impressão de que ele tinha dúvidas sobre a Rainha. Contudo, se não houvesse melhor opção, ele, com certeza, transferiria o trono a ela.

... Quando Uther e Igraine terminaram seus discursos, a Rainha tentou remover a espada da pedra. Entretanto, como esperado, ela não obteve sucesso.

Ao final do Julgamento, Igraine voltou ao seu lugar, um pouco ao lado. A próxima candidata do Julgamento era sua filha, Morgause. A garota, em muitos assuntos, tinha a mesma opinião que sua mãe. Ela também não conseguiu remover a espada da pedra. As pessoas reagiram à ela da mesma forma que reagiram à Rainha— sem animação, mas pelo menos conheciam Morgause há muitos anos. Portanto, todos também sabiam o que esperar dela.

Após a filha da Rainha retornar ao seu lugar, vários lordes e senhoras de terras vizinhas quiseram participar do Julgamento. As discussões com eles foram curtas. Afinal de contas, uma coisa é governar algumas terras, outra coisa é governar todo o Reino. Nesse quesito, Igraine e Morgause definitivamente ganharam. Os lordes e senhoras também falharam em remover a espada da pedra. E, como esperado, a reação das pessoas aos estrangeiros foi negativa.

Após os lordes e senhoras, muitos cidadãos respeitados, comerciantes e representantes das guildas falaram. Contudo, Arthuria, Marilyn e Lancitel tiveram a impressão de que os cidadãos, comerciantes e representantes na verdade não queriam o poder, mas usaram o Julgamento para expressar uma série de problemas acumulados. Como más estradas e um aumento de assaltantes nelas, impostos adicionais e nem sempre legais nas terras de alguns lordes e senhoras e um aumento na taxa de criminalidade em Camelot. Como uma demonstração de seus talentos, eles exibiram seus bens e produtos. Por assim dizer, um tipo de propaganda no mundo sem Internet e televisão.

As pessoas reagiram de forma neutra aos cidadãos respeitados, muitos concordaram com os problemas que anunciaram, mas ninguém via essas pessoas como governantes. E, é claro, nem os cidadãos respeitados, comerciantes ou representantes das guildas conseguiram remover a espada da pedra.

O número de participantes começou a cair. Infelizmente, o Julgamento Real claramente estava indo muito mais rápido do que Uther originalmente esperava. Para ser mais preciso, apenas Arthuria, Marilyn, Lancitel e alguns bardos permaneceram entre os participantes (elas não queriam o poder, mas queriam se 'promover' e também encontrar patronos).

Arthuria, Marilyn e Lancitel estavam prestes a se apresentar ao Rei e aos habitantes de Camelot, quando, de repente, uma voz feminina expressiva e alta anunciou:

"Querido Rei, Rainha e povo de Camelot! Espero que vocês não se importem se eu também participar do Julgamento Real!"

Todos se voltaram para a voz. Ela pertencia ao 'jovem rapaz', o líder dos Etruscos.

"Então é uma garota!" sussurraram pessoas surpresas.

"Mas o que os Etruscos querem? Afinal, Uther não entregará o poder ao seu líder!"

"A propósito, ela fala nossa língua!"

"Sim, ela fala! Embora a pronúncia das palavras seja de alguma forma estranha!"

"Talvez ela tenha vindo aqui como uma mensageira e agora quer exprimir algum pedido?" sugeriu um dos comerciantes que participou previamente do Julgamento.

E acabou que sua suposição era a mais próxima da verdade...

Enquanto isso, a garota se dirigiu à plataforma na qual o Rei estava sentado. Seus acompanhantes queriam segui-la, mas ela os pediu que parassem.

"Mas Senhora Minerva..." um dos guerreiros tentou opor-se no idioma dos Etruscos.

"Estamos aqui com intenções de paz", protestou ela, também no idioma dos Etruscos.

Na verdade, ela estava preocupada e com medo, embora não tenha demonstrado de nenhuma forma. Ao mesmo tempo, Minerva sabia que nem o governante de Camelot ou seus subordinados iriam tão baixo a ponto de fazer mal à emissária. Pois uma guerra com o Império Etrusco certamente começaria. E na Grã-Bretanha, outros reinos certamente iriam querer conquistar um 'pedaço' das terras de Camelot. Assim, o reino de Uther seria destruído...

"Como eu disse, todos podem participar do Julgamento Real", respondeu Uther à mensageira Etrusca.

De sua parte, não havia negatividade, mas sim um interesse pelo que estava acontecendo. *"Outrossim, por que os Etruscos vieram aqui?"* pensou ele.

Minerva respondeu no idioma dos Britânicos:

"Querido Rei, Rainha e povo de Camelot! Deixem-me me apresentar! Eu sou a Minerva da família Herminia, uma das menores conselheiras de corte do Império Etrusco! Eu fui apontada como a emissária para o Reino de Camelot! Ao chegar na Grã-Bretanha, em um porto das terras costeiras de Cornwall, eu ouvi falar do Julgamento Real anunciado por você, Sua Majestade, o honroso Rei Uther! E sua realização pareceu um sinal favorável a mim!"

"Querida Senhora Minerva da família Herminia, você é tão jovem e já ocupa o posto de conselheira menor. E você fala bem nossa língua. Você a estudou para sua missão?" perguntou Uther.

"Essa garota me lembra alguém", pensou ele involuntariamente. *"Mas quem? Não consigo entender!"*

"Não, Sua Majestade. Eu conheço a língua Britânica desde criança. Meu avô era destas terras e ensinou sua língua nativa ao seu filho, meu pai. E mais tarde meu avô ensinou sua língua a mim, sua neta."

"Seu avô era destas terras?" o Rei sentiu uma certa curiosidade em relação à mensageira misteriosa. "Eu poderia conhecê-lo?"

"Sim, Sua Majestade, você o conhecia muito bem. Penso que este item irá dizer mais do que todas as minhas palavras", e ao dizer isso, Minerva puxou a longa manga esquerda de sua túnica de linho, mostrando sua mão.

Por um momento, Uther congelou, tentando compreender o que estava diante de sua visão. À primeira vista, o que apareceu não era particularmente notável: na mão da garota havia um bracelete feito de materiais misturados. Ele consistia em várias placas de metais pintadas, que foram amarradas no lado contrário com tiras de couro.

O bracelete era obviamente velho, bastante gasto e arranhões e vestígios de um golpe deslizante com uma lâmina podiam ser vistos em grossas placas de metais. Os vestígios do golpe estavam na imagem gravada de um dragão coberto com esmalte vermelho. Os olhos do dragão eram dois rubis.

Julgando pelo tamanho, o bracelete foi originalmente feito para um homem. Para a garota, era obviamente grande, embora ela tenha apertado as tiras ao máximo. Na Grã-Bretanha, muitos homens usavam joias similares. A única diferença era que o bracelete de Minerva claramente foi feito por um artesão bem habilidoso em algum momento. Esse tipo de produto era caro e nem todos os lordes poderiam adquiri-lo.

"Isso é..." disse Uther, finalmente percebendo o que estava diante de seus olhos.

Igraine olhou a reação do Rei com espanto, mas não entendeu nada. Contudo, uma vaga suspeita passou por sua cabeça. *"Sério?..."* passou um único pensamento em sua cabeça. Tudo dentro da Rainha ficou gélido: *"Não! Esta é a pior opção de todas!"*

E no próximo instante, sua suspeita foi confirmada. Minerva disse:

"Sua Majestade, Rei Uther Pendragon! Você reconhece este bracelete, não reconhece?"

"Diga-me, criança, de onde você conseguiu esse bracelete?" Perguntou Uther, mal escondendo o tremor e animação em sua voz.

"Este bracelete pertenceu ao meu avô. E há alguns anos, antes de sua morte, ele o me deu."

"E qual era o nome de seu avô?" Uther se esforçou para conter suas emoções avassaladoras.

"Ambrosius Aurelianus. Este era o nome de meu avô, Sua Majestade."

"Não! Isso é uma fraude! Essa garota é uma impostora descarada!" Igraine quase gritou. Mas ela foi capaz de se conter.

E, naquele momento, Arthuria, Marilyn e Lancitel pensaram: *"Tudo isso são estereótipos do gênero de fantasia! E depois disso, Uther irá reconhecer Minerva como sua neta e eles se abraçarão!"*

E elas adivinharam. Assim como de acordo com todas as tradições do gênero, Uther disse à Minerva:

"Criança! Eu fiquei pensando: quem você me lembra? Agora eu claramente percebo que você é muito similar ao Ambrosius em sua juventude! Venha aqui e deixe-me te abraçar!"

O Rei, é claro, agiu de forma extremamente ilógica. De alguma forma, naquele momento, ele ficou completamente dominado por emoções sentimentais e irracionais e não pensou que Minerva poderia ter conseguido a joia em algum outro lugar. Como, por exemplo, ter comprado ou pegado dos verdadeiros netos de Ambrosius. Uther nem pensou que Minerva poderia feri-lo. Não, é claro que ela não iria matá-lo assim, no meio da praça! Isso seria uma loucura, especialmente para a garota! Se ela introduzisse uma adaga no coração do Rei, os guardas iriam acabar com ela imediatamente. Mas ela poderia furá-lo com uma agulha envenenada em um de seus anéis...

Os guardas que estavam próximos ao governante de Camelot imaginaram o pior cenário. Porém, para o bem de todos, especialmente para Uther, Minerva na verdade não tinha más intenções.

Portanto, de fato, houve um abraço familiar comum. Todos que estavam reunidos na praça olharam o que estava acontecendo em choque. Uma variedade de pensamentos rodopiou na cabeça das pessoas. A maioria consistia em: essa garota realmente é a neta de Ambrosius? Ela é dos Etruscos, mas ao mesmo tempo é parente do Rei? Ela será a herdeira? Se ela passar no Julgamento Real, tem todas as chances de se tornar a herdeira! Mas embora ela seja parente, ela é estrangeira, pertencente aos Etruscos! É melhor deixar Igraine subir ao trono!

Igraine ficou incrivelmente indignada neste momento, trocando significativos olhares com Morgause. A garota compartilhou completamente as emoções de sua mãe. Ela também não gostou do que estava acontecendo e considerou Minerva, se não uma impostora, então certamente uma intrigante maliciosa.

Enquanto isso, Uther quebrou seu abraço sentimental e ilógico com sua neta. E disse:

"Criança, diga-me tudo sobre Ambrosius! Como ele entrou no Império Etrusco? Como ele viveu? E o que te traz aqui?"

"Sim, Sua Majestade..." respondeu Minerva.

E ela começou sua história...

Acontece que após o irmão de Uther, Ambrosius, ter deixado Camelot há muitos anos atrás, ele embarcou em uma jornada. Ele queria encontrar algo que beneficiasse Camelot e seu povo. Por algum tempo ele viajou a Grã-Bretanha anonimamente, e então foi para as terras Gaulesas. Mais tarde, o destino o levou para o Império Etrusco.

Lá, ele conheceu uma mulher da família Herminia e se apaixonou por ela. Ela correspondeu e no final eles se casaram.

É claro, a família da mulher foi contra sua escolha. Casar-se com um Britânico sem raízes (Ambrosius não disse nada sobre sua origem)? É inédito! Mas a mulher era insistente, e no final sua família teve que concordar.

Os pais dela ajudaram Ambrosius a entrar no serviço militar e ele rapidamente subiu na carreira. Como resultado, os parentes do lado de sua esposa admitiram que 'Ambrosius não era totalmente despreparado'.

Ambrosius e sua esposa tiveram um filho. E quando a criança cresceu e se casou, Minerva nasceu.

Quando Minerva se tornou capaz de ocupar uma posição de conselheira menor assistente há alguns anos, Ambrosius adoeceu. Infelizmente, em sua idade (ele era mais velho que Uther), as doenças muitas vezes eram fatais.

No mundo moderno, ele certamente teria sido curado, mas com o atual desenvolvimento da Singularidade 20-01, o nível de medicina era insuficiente...

No leito de morte, Ambrosius chamou sua neta e entregou a ela seu bracelete, o qual ele usou por toda sua vida e então ele lhe contou a verdade sobre sua vida.

"Foi assim que descobri que meu avô era de Camelot. E antes de partir, ele confiou o Reino a seu irmão mais jovem, Uther Pendragon, isto é, a você, Sua Majestade", Minerva finalizou sua história.

"Mas por que ele nunca me mandou uma única mensagem? Por que ele não entrou em contato comigo?" Uther se esforçou para conter suas fortes emoções, mas não resistiu em fazer a pergunta. "Todos esses anos eu não soube se meu irmão estava vivo ou havia partido! O quão feliz eu ficaria se soubesse que ele tinha uma família no Império Etrusco!"

"Como meu avô disse, ele tinha medo de que isso pudesse causar confusão em Camelot", respondeu Minerva. "Ele ouviu que seu reinado é bem-sucedido, Sua Majestade. E meu avô não queria agitações e rumores desnecessários na Grã-Bretanha. Além disso, ele tinha receio de não conseguir encontrar algo que beneficiasse Camelot e seus habitantes. Isso o chateou. E esse foi o motivo pelo qual ele nunca ter tido coragem de entrar em contato com você. Mas ele sentia muita saudade de Camelot e de você, Sua Majestade."

"Isso é tão..." Naquele momento, o Rei parecia um velho homem sentimental bastante comum que, após uma longa separação, encontrou seus parentes. Embora, em termos gerais, ele fosse.

Por um momento, houve um desconfortável silêncio na praça. Todos entenderam que a situação não era a mais favorável. Pois

Minerva era neta de Ambrosius, o que significava que ela era sobrinha-neta de Uther, isto é, também sua neta. Dessa forma, ela era uma possível herdeira do trono de Camelot. Contudo, ao mesmo tempo, ela era subordinada ao Império Etrusco. Portanto, agora todos os habitantes de Camelot iriam preferir ver como herdeira não uma pessoa particularmente amada, mas alguém familiar a todos, como Igraine ou Morgause. Não uma estrangeira de um país contra o qual todos os Britânicos lutaram no passado.

Felizmente para todos, Minerva entendeu perfeitamente a agitação das pessoas. Então ela disse:

"Sua Majestade, eu acho que devo esclarecer um ponto a princípio. Apesar da história de meu avô, eu não vim aqui para de alguma forma reivindicar a posição de herdeira. Eu ter vindo à Camelot no dia do Julgamento Real não é nada mais do que uma coincidência. Ou, como as pessoas do Império Etrusco dizem: '*A Deusa da Fortuna sorriu para mim*'. Pois, graças ao Julgamento Real, eu posso falar aqui e agora, em frente a tantas testemunhas. E eu posso anunciar o propósito de minha visita de uma maneira que ninguém irá duvidar que as intenções do Império Etrusco, neste caso, são pacíficas."

"E qual é este propósito? Diga, criança", disse Uther.

"Uma aliança contra os Saxões e outras tribos do norte", Minerva respondeu de forma simples.

Uma onda de surpresa passou pelas filas de pessoas reunidas na praça. De fato, em tempos recentes, os Saxões atormentaram o Império Etrusco e os Britânicos com incursões.

"A história deste mundo é mesmo similar à nossa!" Pensou Arthuria involuntariamente, conforme escutava a conversa em andamento na praça. *"Em nosso mundo, a antiga tribo Germânica dos Saxões também atacou a Grã-Bretanha. Mas eu não escutei que eles atacaram o Império Romano, de quem as terras neste mundo foram tomadas pelo Império Etrusco... Pelo que me lembro, Roma caiu por causa dos Hunos, Vândalos e outras tribos... Contudo, do que estou falando? Neste mundo, embora haja muitos momentos similares, ainda é diferente!"*

"Isso é verdade, os Saxões ficaram muito fortes recentemente", suspirou Uther. "Eles uniram os Hunos, Vândalos, Visigodos, Francos e outras tribos sob seu comando. Rumores dizem que eles também irão se aliar aos Gauleses."

"Claramente, na Singularidade 20-01, as coisas aconteceram de forma bem diferente... Em nosso mundo, isso não aconteceu", percebeu Arthuria, trocando significativos olhares com Marilyn e Lancitel.

"Senhora Viviane, por que você não disse algo tão importante?" perguntou ela em um sussurro.

"Eu não tive tempo... Isso não aconteceu em seu mundo? seguido por uma resposta.

"Foi algo similar, mas com diferenças marcantes", sussurrou Marilyn de volta. Ela também conhecia bem a história.

Enquanto isso, Minerva e Uther discutiam os problemas da ameaça dos Saxões, que uniram diferentes tribos sob seu comando. Ao final, Uther acenou graciosamente e disse:

"A aliança contra os Saxões é, de fato, importante. Se Camelot e outros Reinos Britânicos se unirem ao Império Etrusco, nós podemos efetivamente defender nossas terras. Portanto, eu sou Uther Pendragon, Rei de Camelot, e por este meio declaro: nós entraremos na aliança com o Império Etrusco. Seremos os primeiros dos reinos da Grã-Bretanha a fazer isso. Tenho certeza de que outros governantes da Grã-Bretanha gostariam de se juntar a você!"

"Obrigado, Sua Majestade!" respondeu Minerva.

"Os detalhes serão discutidos mais tarde, no banquete da noite!"

"Sim, Sua Majestade!"

"Pelo menos ela não está tentando reivindicar o trono... Ela provavelmente foi enviada porque seu avô era Britânico. Ou o Império Etrusco sabia que ela era parente de Uther?" Pensou Igraine.

Ela pensou certo: primeiramente, Minerva iria ser enviada à Grã-Bretanha porque conhecia a língua dos Britânicos. Mas a garota foi sincera acerca de seu avô. Esse foi o fator decisivo para ela ser enviada à Camelot. Contudo, o Império não queria conquistar as terras Britânicas novamente. Ele já tinha muitos problemas sem isso.

"Entretanto, o Julgamento do Rei ainda não acabou: a palavra do Rei é a palavra do Rei", disse Uther. "Criança, tente remover a espada da pedra!"

"Sim, Sua Majestade!"

Minerva caminhou até a pedra. Por um momento, ela congelou. Seu rosto mudou a expressão por alguns segundos, ao passo que ela entendeu algo importante. Contudo, no momento seguinte, a garota simplesmente caminhou até a pedra e, assim como todos os outros, tentou puxar a espada. Claro, ela não foi bem-sucedida.

Após isso, Minerva e o Rei trocaram mais cortesias formais. E ela retornou a sua comitiva, cujas pessoas poderia-se ler um óbvio alívio em seus rostos. Contudo, a exata mesma expressão de alívio poderia ser lida nos rostos de todos aqueles que estavam reunidos na praça. As pessoas entenderam que os estrangeiros não eram uma ameaça a elas, mas, pelo contrário, eram aliados contra os Saxões.

"Mais alguém gostaria de participar do Julgamento Real?" Perguntou Uther, controlando completamente suas emoções. Porém, em seus olhos, havia alegria por ter se encontrado inesperadamente com sua neta. E mentalmente, o Rei já estava imaginando em sua cabeça possíveis opções de tópicos para conversar em relação à oposição aos Saxões, os quais ele teria que discutir no banquete com Minerva.

Enquanto isso, os poucos restantes que queriam passar no Julgamento não conseguiam se recuperar da surpresa após as palavras de Minerva.

"Talvez devêssemos ir? Nós ainda precisamos resolver essa questão", sugeriu Marilyn.

"Certamente", acenaram Arthuria e Lancitel.

"Boa sorte a vocês três", disse Viviane às garotas.

E as três garotas foram em direção ao Rei.

"Jovens garotas vestidas de maneira incomum! De onde elas são?" sussurraram as pessoas.

"Elas são do Povo das Fadas?"

"Ou são alienígenas?"

"Elas definitivamente não são Etruscas!"

Isso mesmo, as garotas atraíram a atenção novamente. Enquanto elas estavam entre os prováveis candidatos do Julgamento Real, elas não prestaram muita atenção neles: todos estavam assistindo as ações dos participantes.

"Querido Rei, Rainha e povo de Camelot!" Arthuria começou a falar, 'copiando' o início do discurso de Minerva. "Espero que vocês não se importem que as três de nós decidiram participar do Julgamento Real!"

"Quem são vocês, senhoras? De quais terras vocês são? E as três de vocês irão participar de uma só vez?" Uther ficou surpreso.

"Que garotas estranhas! E o que é aquilo em suas mãos? Instrumentos musicais? Elas são bardas ou atrizes?" Igraine e Morgause pensaram ceticamente. Elas não viram as garotas como uma ameaça. Mas ambas estavam atormentadas com alguns pressentimentos estranhos...

"Sim, Sua Majestade, não tome isso como imprudência, mas iremos participar juntas. Meu nome é Arthuria."

"E eu sou a Marilyn."

"E eu Lancitel."

"Somos cantoras itinerantes", continuou Arthuria. "Viemos de uma terra muito distante. E esperamos que você não considere isso imprudente, mas viemos ao Julgamento Real não para nos tornar rainhas, mas para demonstrar nossas habilidades e encontrar uma patrona."

"Ah, interessante! Música estrangeira!" o Rei animou-se. "É claro, eu permito que vocês demonstrem suas habilidades!"

"Para nossa infelicidade, não sabemos o que é considerado decente e aceitável nestas terras e o que não é", disse Marilyn. "Portanto, por favor nos desculpe se nossa música parecer indecente e inapropriada para você."

"Claro, nós todos somos pessoas sensatas e entendemos que pessoas têm preferências diferentes em terras diferentes", Uther sorriu graciosamente. "Por favor, comecem."

As garotas se olharam alegremente. Elas já tinham decido qual música iriam cantar quando estavam a caminho de Camelot. Assim, Arthuria tirou e rapidamente afinou sua guitarra elétrica, e Marilyn a sua. Elas tocaram as cordas e...

E as guitarras elétricas produziram sons que o povo de Camelot nunca escutou antes. Todos ficaram em choque, tentando entender o que estava acontecendo. Os demônios estão atacando Camelot? Ou a música das garotas de uma terra distante é TÃO diferente da música local?

Sim, isso mesmo: o grupo musical amador Lovely Marshmallows, apesar do nome, tocou rock pesado. Suas guitarras elétricas eram energizadas por painéis solares, então não havia problemas com o som mesmo em Camelot, que, por motivos óbvios, não tinha eletricidade.

E agora, esses dois instrumentos musicais, de acordo com os habitantes de Camelot, produziam sons realmente demoníacos!

Além disso, Lancitel cantou com uma mística voz grave e aterrorizante:

"Tudo é escuridão e decadente! Eu sou uma loba solitária neste mundo sem sentido!.."

Viviane, que esperava qualquer coisa menos aquela música, congelou em choque. Os olhos da Rainha Igraine e de Morgause se arregalaram. Até a expressão de Uther assumiu traços complexos e misturados que exibiu tanto empolgação, choque, horror e... certo prazer?

"Escuridão e cinzas! Escuridão e decadência! Tudo é desprovido de significado!.." Lancitel continuou a cantar com uma voz mística e aterrorizante, e Marilyn e Arthuria cantaram junto com ela.

Surge a questão: em que as garotas estavam pensando quando escolheram esta música particular, que obviamente choca os habitantes da Idade das Trevas? De fato, elas escolheram sua composição mais 'decente e melódica', pois as outras eram ainda mais efetivas.

O Lovely Marshmallows não considerava que a canção 'Escuridão e Decadência' era um sucesso. Até mesmo os inscritos na Internet escreviam nos comentários 'não é ruim, mas as 'Marshmallows' podem ser ainda melhores. Os inscritos gostavam mais das composições de nomes 'Os Esqueletos estão Vindo', 'O Apocalipse está Vindo', 'Garras da Escuridão' e 'Ataque das

Gigantes Formigas Mutantes'. E era o 'Ataque das Gigantes Formigas Mutantes' que elas iam cantar no Festival, mas, como já é sabido, elas caíram na Singularidade 20-01... As garotas também tinham uma canção que ganhou grande popularidade na Internet.

Essa canção tinha um longo título: 'Meus Vizinhos São Barulhentos à Noite, Foi Por Isso que Chamei os Demônios para Reeducar Meus Vizinhos'. De acordo com a trama da canção, vizinhos abstratos do andar de cima de um edifício residencial pisavam forte à noite, deixavam a TV em volume alto e 'rolavam bolas de metal'. E o personagem principal da canção invocava demônios que 'reeducavam' os vizinhos de cima, com a ajuda de mágica, fazendo-os escutar exatamente os mesmos sons que faziam, mas amplificados várias vezes. Após algum tempo, os vizinhos se mudaram, gritando: *"Nós fomos dominados por demônios!"* E o personagem principal pôde viver em paz.

A letra da canção foi escrita por Lancitel — ela morava em um arranha-céu, e os vizinhos de cima constantemente faziam barulhos estranhos à noite. Eles não assistiam TV com volume alto, não escutavam música alta e não gritavam ou faziam festas barulhentas. Mas eles sempre deixavam alguma coisa cair! A garota e seus pais constantemente acordavam à noite, e muitas vezes não conseguiam cair no sono por um longo período.

Todas as tentativas de conversar com os vizinhos acabaram sendo um completo fiasco. Eles, à primeira vista, pessoas razoáveis, sinceramente não entendiam: por que eles estão fazendo esse barulho? Eles deixam cair alguma coisa à noite. Quase todas as noites. Várias vezes. E a propósito, eles não queriam colocar carpetes no chão (para absorver os sons). Embora os pais de Lancitel, cansados da constante perda de sono, tenham oferecido pagar pela aquisição.

Como resultado, Lancitel e seus pais pararam de tentar negociar com eles pacificamente. E em retaliação, eles colocaram alto-falantes nos armários de seus quartos, isto é, debaixo do teto. E às vezes escutavam música. Rock pesado.

Como resultado, os vizinhos de cima vieram reclamar a respeito dessas 'músicas intoleráveis'. Mas uma vez que Lancitel e seus pais escutavam música em horas legais, não havia nada o que os vizinhos pudessem fazer. Mas gradualmente eles se acostumaram a deixar certos objetos caírem menos à noite.

E eventualmente Lancitel teve a ideia da música 'Meus Vizinhos São Barulhentos à Noite, Foi Por Isso que Chamei os Demônios para Reeducar Meus Vizinhos'.

Marilyn gostou da música imediatamente, e tomou para si de sua amiga a experiência de 'reeducar os vizinhos', pois ela sofria do mesmo problema. Arthuria também gostou do problema trazido pela música. Embora ela morasse em uma casa de campo, seus vizinhos adolescentes periodicamente realizavam festas barulhentas quando seus pais saiam para trabalhar. Mas, neste caso, a situação era mais simples, pois todos os vizinhos reclamavam sobre as festas barulhentas dos adolescentes a seus pais. Eles repreenderam seus filhos. Claro, os adolescentes fingiam entender tudo, acenando com um olhar inteligente, diziam que não haveria mais, mas no final, eles novamente realizavam festas barulhentas.

... A canção 'Meus Vizinhos São Barulhentos à Noite, Foi Por Isso que Chamei os Demônios para Reeducar Meus Vizinhos' teve uma resposta bastante tempestuosa na Internet, pois muitos residentes de edifícios de vários andares estavam familiarizados com esse problema.

Porém, para o Festival, as garotas decidiram tocar a canção 'Ataque das Gigantes Formigas Gigantes'. Mas, como é sabido, elas caíram na Singularidade 20-01...

"Escuridão e decadência!" Lancitel finalmente terminou de cantar a música.

Arthuria e Marilyn tocaram os acordes finais. E congelaram...

Houve um silêncio na praça que se podia até ouvir os mosquitos voando...

"Parece que falhamos... Devíamos ter cantado outra coisa! Não rock pesado! Mas o que? Nós ensaiamos apenas as nossas músicas! Outra música em nossa performance poderia soar horrível!" Arthuria, Lancitel e Marilyn pensaram ao mesmo tempo a mesma coisa.

Elas já tinham se preparado mentalmente para o fato de que elas poderiam ser banidas de Camelot. De repente, o silêncio na praça foi quebrado pelo latido de Carbo, cachorro de Viviane, que esteve próximo a ela todo esse tempo.

"Woof! Woof!" seu latido soou inesperadamente alegre. E o cachorro também pulou alegremente ao redor da mulher.

Os habitantes da cidade conheciam o cachorro da vidente, então eles não tinham medo dele. Contudo, seu latido parecia enfatizar a letargia e choque cultural das pessoas.

"É tão incomum!" um bardo exclamou com aprovação.

"Sim, é muito incomum! E muito emotivo!"

"É uma pena a música ser tão curta!"

"Que música estranha! E que instrumentos musicais incomuns!"

Uma onda de aprovação atravessou a praça.

"Eu não entendi: as pessoas gostaram?" Marilyn ficou surpresa.

"Parece que..." respondeu Lancitel.

"Acabei de me lembrar: nos tempos antigos, os bardos performavam várias sagas e poemas. E suas letras nem sempre eram doces e agradáveis", percebeu Arthuria.

"Sim! Agora, quando você disse isso, lembrei que os contos de fadas nos tempos antigos eram sombrios!" exclamou Lancitel.

"Sim, isso mesmo... Até mesmo os contos de fadas não eram originalmente para crianças", concordou Marilyn. "Foi no mundo moderno que eles foram censurados e 'amenizados'. Embora originalmente eles tivessem muitos momentos obscuros. Por exemplo, 'O Pequeno Polegar'. Ou "João e Maria'..."

De fato, no conto 'O Pequeno Polegar' os pais não tinham nada para alimentar seus filhos, então os levaram para a floresta e os deixaram lá. E em João e Maria, o pai sucumbiu à persuasão de sua segunda mulher, levou seu filho e filha para a floresta e os deixou lá.

Ambas as histórias terminaram bem no final. Mas quando Arthuria, Lancitel e Marilyn leram esses contos na infância, elas ficaram surpresas com a irresponsabilidade dos adultos que simplesmente levaram seus filhos para a floresta e os abandonaram lá. Em uma palavra, embora os contos de fadas no mundo moderno tenham sido 'amenizados', eles ainda continham muitos momentos não humanos...

Ainda é possível especular sobre como eram os gostos da sociedade em tempos antigos, antes dos contos de fadas serem "amenizados".

"Parecia que nós, sem suspeitar, atingimos o 'top' local com nossa música", adicionou Lancitel. "Talvez devêssemos ter cantado "Ataque das Gigantes Formigas Mutantes"?"

"Talvez..." suas amigas concordaram com ela.

Nesse meio tempo, o barulho entusiástico na praça cessou. E o Rei Uther disse:

"Jovens senhoras, essa foi uma música incomum, mas definitivamente maravilhosa! Ela tem tanta vida e emoções! E seus instrumentos musicais são simplesmente incríveis! O som é tão alto e claro! E tão... Diverso!"

Uther definitivamente gostou. Mas ele ainda era o Rei e disse:

"Contudo, o Julgamento Real é o Julgamento Real! Embora vocês tenham vindo aqui para mostrar suas habilidades, eu devo concluir o Julgamento! Caso contrário, eu quebrarei minha palavra real! Dessa forma, comecemos discutindo a governança do Reino!"

"Sim, Sua Majestade", concordaram as garotas.

E eles começaram a discutir. Uther fez várias perguntas sobre governar o Reino, e Arthuria, Marilyn e Lancitel o responderam. Por exemplo, o Rei perguntou como o governante deveria se comportar se os lordes ou senhoras feudais subordinados a ele se recusassem a pagar os impostos ou estivessem planejando um levante. Todos os participantes anteriores do Julgamento Real responderam a essa questão de forma similar: enviar embaixadores com um aviso, se necessário, enviar um destacamento de guerreiros, reorganizar as tropas para colocar os lordes ou senhoras feudais presunçosos em seus lugares.

Mas Arthuria inesperadamente respondeu:

"Se eu fosse a governante, eu iria impor sanções econômicas contra os lordes ou senhoras feudais relutantes."

"O que?" o Rei ficou surpreso.

"Sim, Arthuria, isso não é engraçado", Lancitel franziu a testa. "Isso muitas vezes acontece em nossas terras, e as economias de diferentes países sofrem enormemente."

Ela sabiamente não disse 'em nosso mundo', mas 'em nossas terras'. Uma coisa é dizer tudo à vidente Viviane, que tinha previamente conhecido as artistas de um outro mundo. Mas é totalmente diferente falar sobre isso aos habitantes comuns de Camelot. Não é sabido como eles irão reagir!

"Sim, e ainda, muitos países de nossas terras estão lidando bem com as restrições comerciais desenvolvendo sua produção e buscando novos parceiros comerciais", adicionou Marilyn ceticamente, também prudentemente chamando seu mundo de 'nossas terras'.

"Mas aqui a situação é completamente diferente", respondeu Arthuria calmamente. "O sistema de transporte e o número de alternativas são completamente diferentes!"

"Sim, exatamente..." concordaram Lancitel e Marilyn juntas.

Elas finalmente entenderam o que sua amiga queria dizer: de fato, durante a Idade das Trevas, inicialmente não havia sistema de transporte desenvolvido e bens alternativos, assim como tecnologias que permitissem às pessoas estabelecerem a produção em seus países. E se eles 'bloqueassem' o comércio com qualquer lorde ou senhora feudal, isso o causaria sérios problemas.

"Seus subordinados seriam os primeiros a expressar descontentamento", Arthuria continuou a desenvolver o pensamento. "E os rumores se espalham rápido o suficiente em todos os lugares. Como resultado, os lordes ou senhoras feudais presunçosos aprendem que seu comportamento causou o boicote comercial. Ir à guerra contra o governante do Reino quando as pessoas estão zangadas não é uma boa ideia. Assim, o lorde ou senhora feudal terá que pensar sobre seu comportamento. E ao final, ele ou ela entenderá que cooperar com o governante do Reino é, primeiro de tudo, de seu interesse."

"Hmm, uma ideia incomum!" exclamou Uther. E então ele fez uma outra pergunta concernente: "E os comerciantes? É improvável que eles queiram ficar sujeitos a perdas! Eles podem se irritar! E, para evitar perdas, os comerciantes irão subir os preços dos bens para todos!"

"Certamente você está certo, Sua Majestade", acenou Arthuria. "Dessa forma, o governante do Reino terá que fornecer a quantidade necessária de dinheiro ao seu povo para que comprem todos os bens que os comerciantes planejavam vender nas terras dos lordes ou senhoras feudais presunçosos. Se esses comerciantes estiverem em uma guilda de comércio, então será mais fácil resolver essa questão através da guilda. Assim, os comerciantes não sofrerão perdas! E comprar bens deles irá custar ao tesouro menos do que conduzir hostilidades. Outros lordes e senhoras feudais, tendo escutado sobre isso, irão pensar: vale a pena correr riscos e confrontar o governo do Reino?"

"Hmm..." pensou o Rei. E ele fez uma outra pergunta: "E se o lorde ou senhora feudal decidir começar hostilidades contra seus vizinhos para reabastecer os recursos perdidos?"

"Neste caso, é necessário enviar destacamentos auxiliares a seus vizinhos antecipadamente para que possam fortalecer suas fronteiras."

"E o que fazer com comerciantes estrangeiros que chegam do mar? E com comerciantes de outros reinos da Grã-Bretanha?"

"Deve-se enviar pessoas leais com fundos aos principais portos para negociarem com comerciantes além do mar para não fazerem acordos com lordes ou senhoras feudais presunçosos. E em troca, as pessoas leais irão imediatamente comprar alguns dos bens desses comerciantes. O mesmo se aplica aos comerciantes de outros reinos da Grã-Bretanha. A única diferença é que as pessoas leais irão às principais rotas comerciais. Certamente existem estalagens nelas, onde esses comerciantes geralmente param."

O silêncio reinou na praça. Finalmente, Uther o quebrou perguntando:

"Senhora Arthuria, você está sugerindo medidas econômicas se necessário em vez de lutar?"

"Sim, Sua Majestade. Medidas econômicas podem parecer indignas para cavalheiros e guerreiros nobres, mas em minha opinião, ainda são melhores do que a devastação de terras e a morte de pessoas durante as guerras", respondeu elas. "Os lordes e senhoras feudais devem entender que levar prosperidade ao Reino também é de seus interesses. Enquanto conflitos civis é desvantajoso para todos. Pois guerras tradicionais com o uso de armas irão tirar muitas vidas e certamente irá levar à devastação de terras e à morte de parte de toda a safra. O exército também recebe despesas do tesouro. Então, podemos dizer com total confiança que guerras tradicionais irão trazer ainda mais danos do que sanções econômicas."

As pessoas reunidas na praça pensaram: infelizmente, muitos adultos estão familiarizados com a guerra. Uther havia governado Camelot por um longo tempo, e seu governo foi próspero para os padrões locais: a última guerra ocorreu há quinze anos. Então, um dos lordes se uniu aos mercenários Saxões.

O exército de Uther era bem equipado e treinado. Eles foram capazes de reprimir a rebelião. Porém, muitos guerreiros corajosos morreram. Entre eles estava o primeiro marido da Rainha Igraine, Duque Gorlois. Por isso a Rainha era da opinião de que não se deveria permitir que os vassalos 'relaxassem'.

"Bem, eu entendo seu ponto, Senhora Arthuria", disse Uther após uma breve pausa. "Continuemos nossas perguntas. O que você faria para aumentar a produção nos campos?"

"Talvez eu usaria um sistema de dois campos, três campos e multicampos."

"O sistema de dois campos é conhecido em nossa área, mas nos diga sobre os três campos e multicampos."

"Com sua permissão, começarei com os três campos. Esse método é similar ao de dois campos. Enquanto parte do terreno está 'descansando', mais duas partes dele são semeadas com culturas de inverno e primavera..."

Arthuria e Rei Uther conversaram por um longo tempo. Às vezes, Lancitel e Marilyn entravam no diálogo. As pessoas reunidas na praça escutaram com animação os diálogos das estrangeiras 'garotas do Povo das Fadas'.

A Rainha Igraine e Morgause começaram a se sentir desconfortáveis. Mas elas tentaram se controlar, mentalmente se tranquilizando: *"Essas garotas são estrangeiras! Além disso, são cantoras itinerantes! E elas disseram que querem apenas encontrar uma patrona! Nenhuma delas será rainha! Além do mais, elas provavelmente não serão capazes de remover a Caliburn da pedra! Nem mesmo guerreiros experientes e fortes o conseguiram!"*

... Uther e as 'cantoras itinerantes' tiveram uma longa discussão. Finalmente, o Rei, bastante satisfeito com os resultados da discussão, disse:

"Bem! Excelente! Entendi! Resta a última parte do Julgamento — remover a espada da pedra!"

"Com todo respeito, Sua Majestade, nós apenas gostaríamos de encontrar uma patrona..." replicou Arthuria timidamente.

"Sim, eu entendo. Mas eu sou o Rei, e não posso quebrar minha palavra real. E vocês, como participantes do Julgamento, devem fazer todo o esforço para passarem com dignidade. Mesmo que não queiram o trono, vocês também devem tentar remover a espada da pedra."

"E se conseguirmos?" Perguntou Marilyn suavemente.

Arthuria e Lancitel já tinham notado que sua amiga estava olhando a pedra com a Caliburn de forma estranha. Elas entenderam que ela estava pensando em algo. Ou ela entendeu algo?

"Hmm, talvez seja verdade, se mostrarmos nossas melhores habilidades, nossas chances de encontrar uma patrona aumentarão significativamente..." disse Marilyn pensativamente.

Mas para ela, ela pensou: *"Ou talvez se uma de nós conseguir se tornar rainha, seria um resultado ainda mais favorável. Porque sempre teremos que agradar uma patrona, e ela pode nos expulsar a qualquer momento... Bem! Decidido! Se eu entendi corretamente, se Arthuria ou Lancitel forem capazes de se tornar rainhas, eu ganharei a reputação de mágica habilidosa! Ainda sim, eu posso ser uma rainha, mas graças às minhas habilidades de ação e matemáticas, eu me tornarei uma boa 'mágica'! Sim, eu farei isso!"*

"Sua Majestade, se te agradar, eu gostaria de fazer um ritual de purificação e bênção, tradicional em nossas terras, antes de tentarmos retirar a espada da pedra", disse ela em voz alta.

"Sim, Senhora Marilyn, claro", respondeu o Rei.

Arthuria e Lancitel se olharam, ainda não entendendo o que exatamente sua amiga queria fazer. *"Bem, ela está estudando para ser atriz, então ela provavelmente irá mostrar algo espetacular... Mas o que é?"* pensaram elas.

E assim aconteceu. Marilyn, agradecendo ao Rei, foi até a espada na pedra. Ela tirou sua fantasia de manta de sua mochila (ela era parte de uma fantasia de palco e não cabia na mala com as outras coisas). Ela vestiu sua manta e ficou próxima à pedra. A garota começou a cantarolar uma melodia estranha e tocou a superfície da pedra, como se pressionasse e movesse algo. Era difícil entender: ela sempre se levantava para que a capa cobrisse suas ações do público.

As pessoas reunidas na praça ficaram definitivamente impressionadas. Arthuria e Lancitel apenas pensavam: *"Que chato! Ela está agindo como uma maga de fantasia estereotipada!"*

Quando Marilyn terminou o 'ritual de purificação e bênção tradicional de sua terra', ela disse:

"Agora eu tentarei puxar a espada da pedra!"

E ela começou a retirar a espada com um esforço. Ela estava fungando e soprando, tentando puxar a espada mesmo com um pé na pedra! Contudo, Marilyn colocou muito esforço.

Finalmente, tendo terminado, ela se afastou da pedra e disse:

"Infelizmente, os espíritos da natureza, os quais eu chamei durante o ritual e purificação e bênção, não responderam aos meus pedidos! Mas eu posso claramente sentir sua presença... Sua Majestade, Arthuria ou Lancitel podem tentar remover a espada?"

"Claro, vocês três estão participando do Julgamento Real", respondeu Uther.

"Qual de nós irá primeiro? Você ou eu?" Perguntou Lancitel.

Ela estava dominada por dúvidas. Uma estranha premonição. Parecia para ela que Marilyn estava escondendo algo.

Arthuria não entendeu quais eram as dúvidas de sua amiga. E então ela se voluntariou para ir primeiro:

"Deixe-me ir! Eu duvido que consiga, mas tentarei!"

E a garota foi até a espada na pedra. Ela tocou seu punho e pensou: *"Bem, eu tentarei fazer um esforço para o bem da decência, embora eu definitivamente não seja capaz de remover a Caliburn! E mesmo se conseguisse, eu não preciso: eu não quero me tornar a Rainha de Camelot!"*

Arthuria puxou o cabo da espada. Houve um leve tinido e rangido e... A Caliburn saiu facilmente da pedra.

"O que?" Arthuria arregalou seus olhos, tentando compreender o que aconteceu.

"O que?" Uther arregalou seus olhos, incapaz de acreditar no que viu.

"O que?" A Rainha Igraine e Morgause falaram em uma voz, sentindo suas entranhas esfriarem.

"Parece que os espíritos da natureza enviar sua benção à Arthuria", disse Marilyn com um olhar inocente e surpreso.

"Como?" Lancitel não entendeu, olhando sua amiga com espanto. Ela parecia ser a única na praça que estava surpresa não pelo fato de Arthuria ter removido a espada, mas pelo fato de Marilyn ter 'performado algum tipo de ritual que ajudou a fazer isso'.

"O QUE?! COMO ISSO É POSSÍVEL?" suspiraram as pessoas na praça, finalmente entendendo o que viram.

"Sério, como isso é possível?" Disse Arthuria, olhando a espada em suas mãos com os olhos redondos em espanto...

Ficou claro: definitivamente não seria uma vida simples na Singularidade 20-01...

Continua...

Editorial Tektime

www.tektime.it